달려라, 달리!

세상에서 가장 사랑스러운 강아지의 심쿵 라이프

달려라, 달리!

이지은

김영사

1 일이시다

2 걷다

차례

3

4

미래에서 온 편지

멍멍아, 안녕? 나는 미래에서 온 너의 언니야. 믿기 어려울 거야. 하지만 잘 들어봐. 지금부터 내가 하는 이야기는 모두 사실이니까.

최근 너에게 일어난 끔찍하고 불행한 일에 대해 알고 있어. 갑자기 한쪽 다리를 못 쓰게 되어서 많이 아프고 당황스럽지? 지금은 똑바로 잘 서 있지도 못하니까. 하지만 너는 다 이겨내게 된단다. 세 다리에 적응하느라 시간은 좀 걸려도 누구보다 당당하게 달리는 날이 오거든. 그뿐 아니라 물속에서만큼은 마음껏 달릴 수 있는 멋진 수영 실력도 갖게 되지.

그리고 너를 누구보다 끔찍이 사랑하는 가족도 생길 거야. 그러니 다신 네가 혼자 남겨질 일은 없어. 우리는 이 세상 그 무엇을 준다고 해도 너를 포기하지 않을 만큼 널 사랑하거든. 너와 사랑에 빠지는 건 우리만이 아니야. 너의 선한 눈, 맑은 미소를 사랑하게 되는 수많은 사람이 생기고 너를 응원할 거야.

그러니 지금까지 잘 이겨냈듯이 포기하지 말고 조금만 더 힘을 내주겠니? 지금은 아무 희망도 없고 절망적으로 느껴지겠지만 머지않아 다가올 미래엔 행복함으로 가득한 앞날이 기다리고 있으니까.

대신 우리가 처음 만났을 때, 내가 바보처럼 너를 알아보지 못하더라도 네가 꼭 나를 붙잡아줘. 겉으론 차갑게 보여도 나도 너와 비슷한 아픔이 있어서 우린 서로에게 큰 힘이 될 거야.

우린 어느 여름에, 유럽으로 함께 여름휴가를 가게 될 거야. 그림 같은 알프스 들판에서 너와 함께 달릴 거고, 코발트빛 지중해에서 해수욕을 즐길 거야. 네가 뽐내는 수영 실력을 보고 모두가 박수갈채를 보내겠지. 이 모든 것은 상상이 아닌 실제 일어날 일이란다.

그리고 혹시 아니? 또 언젠가는 씩씩하게 성장한 너의 이야기를 담은 책이 나오게 될지도.

2018년 미래에서 온 언니가

2013년 1월에

달리를 소개합니다

2012년 1월 3일 출생(추정)

2013년 2월 24일 입양

8시 20분을 닮은 축 처진 착한 눈을 지니고 있다.
까만 아이라인 위에 길게 자란 하얀 속눈썹 때문에
예쁘게 쌍꺼풀진 것처럼 보인다.
눈이 참 맑고 깨끗하다.

건강한 근육맨의 상반신을 닮은 코를 지니고 있다.
달리를 보면 힘이 생기는 원천이 이 코에서 비롯되는 것일지도.

아랫니 두 개를 뽑은 이후 혓바닥이 빼꼼 빠져나와 있을 때가 많다.
이 때문에 더 귀여워 보이는 부작용이 생겼다.

작고 귀여운 외모와 달리 당찬 성격을 지니고 있다.
어디서도 지지 않지만 약한 존재에겐 한없이 너그럽다.

사람은 좋아하지만, 고양이를 제외한 다른 동물은 좋아하지 않는다.
병원에서 살았을 때, 고양이와 함께 지내서인지 고양이만은 좋아한다.

부동산을 좋아한다.
펫 숍에 가면 새 개집을 사줄 때까지 벌러덩 드러누워 일어나지 않는다.
달리의 부동산 사랑 때문에 주택도시보증공사의 공익광고를 찍기도 했다.
십센치의 뮤직비디오 〈Pet〉의 여주인공으로 데뷔했다.
동물 최초로 인천국제공항의 명예홍보대사로 활동 중이다.

페트병에서 나는 펑! 하는 소리와 등산로나 카센터에서 먼지 털 때 쓰는
에어건의 칙- 소리를 세상에서 가장 무서워한다.

똑같은 "안녕"이란 인사도 헤어짐을 싫어해서인지
헤어질 때 하는 "안녕" 소리를 가장 싫어한다.

주위를 행복하게 만드는 초능력을 지니고 있다.

일어서다

1

내 동생 달구

1997년 9월 27일, 고모 댁 강아지 아롱이가 새끼를 낳았다. 아롱이가 새끼를 낳으면 그중 한 마리를 우리 집에서 키우기로 했는데 드디어 그날이 온 것이다! 고모의 전화를 받고 당장 달려가고 싶었지만 새끼들이 엄마 젖을 먹으며 좀 더 자랄 때까지 기다려야 한다고 해서 아쉬움을 삼켰다. 태어난 날부터 우리 집에 데려오기까지 하루하루 날짜를 세며 어찌나 오매불망 기다렸는지 아직까지도 그 날짜가 잊히지 않는다. 고모는 아롱이의 새끼 세 마리에게 '머루' '다래' '나래'라는 이름을 지어줬고, 대망의 11월 9일 드디어 다래가 우리 집에 와서 내 동생이 되었다.

당시 나는 초등학생이었는데, 다래가 보고 싶어서 학교 수업이 끝나기 무섭게 집으로 달려가곤 했다. 심부름 갈 때도, 친구들과 놀러 갈 때도 늘 다래와 함께였다. 내가 어찌나 다래를 데리고 다녔는지 동네 어르신들께서 "매일 개를 달고(달구) 다니네~"라고 말씀하시곤 했는데, 그러다 다래의 별명이 달구가 되었다. 다래는 언젠가부터 이름보다 별명으로 더 많이 불렸고 결국 이름이 바뀌었다. 하지만 되돌아보면 달구를 달고 다녔던 기간은 그리 길지 않았다. 내가 커갈수록 달구를 점점 더 외롭게 했다.

2012년 12월 4일, 달구가 하늘나라로 떠났다. 노견이 되어서도 건강하다고 생각했는데 갑자기 여기저기 아프더니 오래 기다려주지 않았다. 하루하루 버티는 날이 이어지다가 내 품에서 눈을 감았다. 그날 밤부터 다음 날까지 어마어마한 폭설이 내려서 온 세상이 하얗게 변했다. 내 머릿속까지도 하얗게 된 듯했다. 눈은 며칠이 지나 다 녹아 없어졌지만 미안함과 후회, 그리움은 아직도 내 안에 남아 있다.

달구를 보내고 너무 힘들었다. 난생처음 겪은 이별이고 아픔이었다. 달구는 내가 어릴 때부터 어른이 될 때까지 외로울 때나 힘들 때나 언제든 내 옆에 있어줬는데 나는 달구에게 그러지 못했다. 못해준 게 너무 많았다. 고작 팔꿈치만 한 강아지 한 마리 없어진 것뿐인데 집 안이 텅 빈 것 같은 느낌에 집도 싫어졌다. 괜히 밖에서 시간을 보내다 늦은 밤이 되어서야 들어가고, 눈뜨면 서둘러 집에서 벗어나기 바쁜 생활이 이어졌다.

옛날엔 휴대폰이나 디지털카메라가 없어서 달구의 예쁜 모습을 많이 남겨놓지 못했다. 초등학교 졸업식 날 구입한 일회용 필름 카메라 덕분에 처음으로 찍은 달구 사진이다.

먹먹한 첫 만남

달구를 떠나보낸 지 한 달 정도 지났을 땐 썰렁한 집이 싫어서 강아지 임시 보호를 하며 지냈다. 그러던 어느 날, 당시 남자 친구이던 Y가 강아지 입양을 제안했다. 달구 때문에 힘든 마음을 치유하는 데 도움이 될 거라고 했다. 반려동물과의 이별을 경험해본 사람은 다시는 반려동물을 키우지 않을 거라고 말한다. 소중한 존재와의 이별이 얼마나 아프고 힘든지 끔찍한 경험을 해봤기 때문에. 나 역시 다시는 반려동물을 키울 생각이 없다고 말했다.

Y는 선배의 동물병원에 다리가 잘린 채 유기된 강아지가 있는데, 자꾸 그 아이가 눈에 밟혀서 데려오고 싶다고 했다. 자신이 데려오더라도 한번 입양하면 평생을 책임져야 하니 나와의 교제가 결혼으로 이어질 것을 대비해 내 허락이 꼭 필요하다고 했다. 안 그래도 입양 생각이 없다고 했건만, 아픈 강아지라니 더 들을 것도 없었다. 달구가 아파서 힘들어할 때도 그 모습을 지켜보는 게 얼마나 괴로웠는데…. 하지만 Y의 설득은 계속됐고, 딱 한 번만 보고 오자는 제안에 못 이겨 한 달이 지나서야 보러 가게 되었다.

동물병원 앞에 주차를 하고 내가 차 안에서 기다리는 동안 Y가 강아지를 데리고 나왔다. 그 아이는 내가 지금껏 자기를 얼마나 반대했는지도 모르고 처음 보는 내게 와락 안기더니 얼굴에 뽀뽀를 퍼붓기 시작했다. 밥을 먹다 말고 따라 나온 건지 비릿한 사료 냄새가 코를 찔렀다.

"이것 봐. 얘도 너 좋다잖아. 실제로 보니까 더 귀엽지?"

"아니, 이제 한 번 봤으니까 됐지? 얼른 데려다주고 와."

나는 괜히 더 인상을 쓰며 싫은 척을 했다. 하지만 솔직히 말하면 그때 마음의 벽은 이미 와르르 무너지고 있었다. 직접 다친 발을 확인해보고 싶었지만, 자세히 들여다봤다가 생각보다 상태가 안 좋은 경우 포기하고 싶은 마음이 들까 봐 본체만체했다.

어느 연예인의 유기견 입양기를 읽은 적이 있다. 유기견 보호소에 가면 수많은 개가 사람의 손길 한 번, 눈길 한 번 더 받으려고 안간힘을 쓰는데, 모든 걸 체념한 듯이 구석에 홀로 웅크리고 있던 개가 있었다고 한다. 결국 그 아이가 너무 마음이 쓰여서 입양하게 됐다는 이야기. 마음의 상처가 너무 커서 문을 꽉꽉 닫은 아이를 외면하지 않고 입양을 결심한 이야기가 감동적으로 와닿았다.

그러나 나에게는 이런 감동적인 스토리가 없다. 가엾은 아이에게 차갑게 이제 다시 병원으로 돌아가라고 했더니 이 녀석이 잘린 발끝까지 힘을 주며 내게 매달린 채 차에서 내리지 않겠다고 버텼다. 너무 다행이었다. 그때 만약 순순히 차에서 내렸다면, 싫다고 큰소리쳤던 내 자존심 때문에 붙잡지 못했을지도 모른다.

그길로 집으로 차를 돌렸다. 예정된 상황이 아니라 집에 준비된 것이 아무것도 없어서 당장 필요한 배변 패드를 사러 마트에 들렀다. 마트에 강아지를 데리고 들어갈 수 없으니 차에 두고 5분 남짓 서둘러 쇼핑을 마쳤다. 부리나케 주차장으로 돌아와서 차 안 상황을 확인한 순간 경악할 수밖에 없었다. 잠깐 사이 별일 있겠냐는 내 생각은 완전히 빗나갔다.

차 내부는 온통 똥오줌 범벅이 되어 있었고, 가엾은 아이는 사시나무처럼 벌벌 떨리는 몸으로 내게 안기려 했다. 마치 일부러 흠뻑 바르려고 애쓴 것처럼 온몸에 배설물을 뒤집어쓴 채로 말이다. 얼마나 두렵고 공포로 가득한 5분을 보냈는지 온몸으로 증명하는 것 같았다. 차마 안아줄 엄두도 나지 않았고 시트, 핸들, 창문 할 것 없이 똥오줌이 묻어 있지 않은 곳이 없어 차에 앉을 수도 없었다. 말을 잃고 서 있는 내 모습에서 두려움을 느꼈는지 이 녀석은 어느새 구석으로 물러나 여전히 떨리는 몸으로 내 눈치만 살피고 있었다.

마트 주차장에서 주운 비닐 포대를 몸에 두르고서야 자리에 앉았다. 순간적으로 '다시 병원에 데려다줄까' 하는 생각까지 들었다. 내가 앞으로 이 아이를 책임질 수 있을까 걱정되기 시작했다. 천진난만해 보이던 모습 뒤로 역시나 큰 상처를 입은 아이였다.

2013년 2월 24일, 우린 이렇게 처음 만났다.

달려라,

달리!

달구는 어릴 때 우리 집에 왔기 때문에 자연스럽게 가족의 일원으로 스며들었다. 하지만 이번 경우는 달랐다. 1년을 다른 곳에서 살았고 끔찍한 일까지 겪었다. 그런 후 또 낯선 곳으로 오게 되었으니 얼마나 불안하고 두려울까. 그런 생각을 하니 너무 안쓰러워서 꼭 안아주고 보듬어주고 싶었다. 그런데 자꾸 정이 들고 마음이 갈수록 한편으론 죄책감이 들었다. '너무 빨리 다른 아이에게 마음을 주면 하늘에서 달구가 서운해하고 슬퍼하지 않을까?' 하는 생각이 들었기 때문이다. 달구에 대한 미안함 때문에 새 가족을 온전히 받아들이기 어려웠다. 자꾸 멈칫하게 되었다.

그러다 곰곰이 생각했다. 미움, 배신, 원망 같은 감정은 못난 인간의 감정이지, 달구의 감정이 아니라고. 내가 우울하면 함께 풀 죽어 있었고, 씨익 웃어주면 꼬리를 힘껏 흔들며 좋아하던 아이였다. 달구라면 내가 슬픔의 감정에 오래 매몰되어 있는 것보다 일상을 되찾고 행복해지는 것을 더 바랄 것이다. 이렇게 생각을 정리하고 나니 한결 나아졌다. 새로 온 강아지를 이젠 정말 가족으로 받아들일 수 있게 되었다.

우리 가족이 되었으니 좋지 않은 과거의 기억을 모두 버리고 새 삶을 살길 바라는 마음에서 새 이름이 필요했다. 영원한 내 동생, 달구의 돌림자에서 '달'을 따오고, 비록 다리는 불편하지만 씩씩하게 잘 '달리'라는 의미에서 '달리'라는 이름을 지어주었다. 그리고 다짐했다. 그간의 아픔이 다 보상되고도 남을 만큼 앞으로의 삶은 행복하게 만들어주겠다고.

스타일

변신

달리는 포메라니안종이다. 마치 솜사탕을 떠올리게 하는 풍성한 털이 매력적인 견종이다. 하지만 몰티즈 달구와는 비교가 되지 않을 정도로 털이 많이 빠졌다. 이렇게까지 털이 계속 빠지는데 대머리가 되지 않는 것이 신기할 정도였다. 달리 뒤를 졸졸 따라다니며 청소를 해도 끝이 없어서 결국 털을 짧게 잘라주기로 결심했다.

달구가 10년 가까이 다니던 단골 미용 숍에 데려가 달구처럼 털을 짧게 깎아달라고 했다. 지금은 달리도 단골 숍이 생겼고 가장 잘 어울리는 헤어스타일을 찾았지만, 그때만 해도 아무것도 모르던 때라 저지른 실수였다.

미용이 다 끝났다는 연락을 받고 갔더니 이전 모습은 온데간데없고 부서질 듯 작고 가녀린 아이가 나를 기다리고 있었다. 풍성한 털 속에 가려졌던 마른 몸이 드러나 한없이 애처로워 보였다.

서툴지만 처음으로 달리의 목도리를 떠보았다.

수퇄의 시작,

수영의 추억

달리는 오른쪽 앞발이 없어서 세 발 보행을 한다. 몸에 많은 무리가 따르고 부담이 될 수밖에 없다. 그래서 달리가 물속에서 자유롭게 움직일 수 있는 수영이 아주 좋은 운동이 될 거라 생각했다. 여름이 되자마자 달리에게 수영을 시키기로 했다. 인적이 드물고 물이 얕은 계곡도 알아뒀고, 혹시 몰라 구명조끼도 준비했다.

만반의 준비를 마치고 드디어 계곡으로 향했다. 달리와 함께 하는 첫 물놀이라 한껏 기대되었다. 개는 본능적으로 헤엄을 칠 수 있다고 한다. 달리의 헤엄치는 모습도 너무 궁금했고, 물속에서라도 자유롭게 달리는 모습을 보면 너무 행복할 것 같았다.

하지만 내 기대와는 다르게 달리는 물을 아주 무서워했다. 물가 근처만 가도 눈에 두려움이 가득했다. 구명조끼를 입히고 아주 얕은 물가에서 조심스레 발장구 연습부터 시작했다. "달리, 넌 할 수 있어!" 달리를 격려하긴 했지만 이때까지만 해도 달리가 나중에 '수퇄'이란 별명이 생길 정도로 멋진 수영 실력을 갖추게 될 줄은 상상도 못 했다.

신나는 주말농장

엄마가 주말농장 분양을 받으셨다. 한창 텃밭 가꾸는 재미에 푹 빠져 계실 때 같이 가자는 제안을 몇 번이나 하셨지만, 가봤자 농사일밖에 더 하겠나 싶어 도망 다니길 수차례였다. 나를 대신해 달리만 엄마 손에 붙잡혀 다녀왔을 뿐이다. 그런데 농장에 다녀오신 엄마가 달리와 얼마나 재밌었는지에 대해 신이 나서 얘기해주셨다. 겁이 너무 많아서 산책을 나가도 늘 경계하고 숨기 바빴는데, 텃밭에 가서는 신나게 뛰어놀며 즐거워했다는 것이다. 나를 주말농장에 불러들이기 위한 유인책인지 긴가민가했지만, 결국 나도 엄마와 달리를 따라 주말농장에 가게 되었다.

농장에 도착하자 달리가 안내하듯 앞장서서 걷기 시작했다. 귀엽게 열린 수박 앞으로 나를 데려가서 구경시켜주었고, 상추 뜯어 먹는 시범까지 보여주기도 했다. 의기양양한 자태로 어찌나 구석구석을 누비던지! 나는 그곳에서 달리가 풀냄새와 흙냄새, 시원한 바람이 부는 자연을 얼마나 좋아하는지 처음 알게 되었다.

달리의 오른발

절뚝거리며 걷는 달리의 모습을 볼 때마다 마음이 아팠는데, 우리나라에도 동물 의족을 만드는 업체가 생겼다는 이야기를 들었다. 의학 기술이 어마어마하게 발달해서 잘린 발끝을 다시 자라나게 하지 않는 이상, 그동안 내가 특별히 해줄 게 없었기 때문에 뭔가 다리를 위해 해줄 수 있다는 것만으로도 큰 희망이었다. 잔뜩 떨리는 마음으로 한달음에 달려갔다. 기대 반 걱정 반이었다.

그곳에는 개와 고양이의 크기에 맞춘 작은 사이즈의 휠체어와 보조 기구들이 많이 있었다. 달리의 다리 상태를 보여주고, 의족 제작에 관한 이야기를 나누었다.

나는 달리와 같은 상태인 아이들이 의족을 한 뒤 편안하게 잘 적응해서 지내는 케이스를 알고 싶었는데, 의족 제작 사업을 시작한 지 얼마 되지 않아서 그런지 정확히 달리와 같은 케이스는 아직 없다고 했다. 대신 뒷다리가 불편한 아이들의 사례는 많이 있었고, 뒷다리가 불편한 경우엔 어깨에 휠체어를 메는 방식이기 때문에 앞다리보다 보조 기구의 도움을 받는 것이 더 수월하다는 이야기를 들었다.

달리 몸에 편한 의족일지, 내 눈과 마음의 안도감을 위해 정작 달리에게 불편함을 주는 의족일지 판단할 수가 없어서 고민이었다. 그런데 달리의 현재 잘린 다리 길이와 상태가 좋지 않아서 어깨까지 더 짧게 절단 수술을 해야 의족

착용이 수월하다는 이야기를 듣고 마음의 방향이 정해졌다. 끔찍한 수술을 또 하는 것은 내키지 않았다. 또 다른 좋은 기술이 나올 때까지 더 기다려보기로 했다. 그때까진 내가 달리의 튼튼한 오른발이 되어주면 된다.

뜻하지 않은 양육권 분쟁

다른 연인들처럼 내게도 이별의 순간이 찾아왔다. 그런데 문제가 생겼다. Y는 내게 달리를 돌려달라고 했다. 물론 Y의 주장도 나무랄 수는 없었다. 처음 달리의 입양을 적극적으로 권유했던 것이 Y였고, 나는 반대했기 때문이다. 그렇지만 결국 달리를 데려와 키운 것도 나였고, 더 많은 시간을 함께한 것도 나였다. 10개월이라는 시간 동안 달리는 완전한 내 가족이 되어 있었다. 다른 것은 다 줄 수 있어도 가족을 내줄 수는 없는 일이었다.

어떻게든 달리를 지켜야 했기에 법적 대응도 불사할 각오를 했다. 법률상 반려동물은 물건으로 분류되기 때문에 실질적으론 양육권 다툼이지만, 법적으론 소유권 분쟁이 된다. 우리나라에 아직 이 문제를 다룬 판례는 없다고 했다. 외국의 사례는 어떨까? 미국에선 이미 반려동물의 양육권 문제가 이혼소송의 중요한 이슈 중 하나로 자리 잡아서 양육권뿐만 아니라 면접교섭권에 대한 판단도 이뤄지고 있었다. 미국의 판례에 따르면 과거엔 반려동물의 양육권 다툼을 물건 개념으로 따져서 반려동물의 구매 비용 등 재산적 기여도에 따라 판단했다면, 최근엔 좀 더 실질적 양육권의 개념에 가깝게 반려동물이 어느 쪽의 양육을 받아야 더 좋은 삶을 살 수 있을지 고려하는 쪽으로 변화하고 있다고 한다.

우리는 달리를 구매한 것이 아니기에 지출한 돈은 없었지만, 달리를 키우는 동안 필요한 비용은 모두 내가 부담했다. 또한 나는 달리에게 누구보다 좋은 가족이자, 보호자가 되어줄 자신이 있었다. 난 무슨 수를 써서라도 달리를 지킬 것이라고 강력하게 주장했다.

다행히 우리는 법적 분쟁으로 이어지기 전, 내가 달리를 맡아 키우는 것으로 합의했다. 달리를 사랑하는 마음이 내가 더 큰 것은 Y도 인정했고, 누구보다 내가 달리에게 좋은 보호자가 되어줄 수 있다고 확신했기 때문이다. 하마터면 우리나라 최초의 반려동물 양육권 분쟁 판례에 달리 이름을 남길 뻔했던 일이었다. 나는 오늘도 달리에게 최선을 다하며, 그때의 결정이 틀리지 않았다고 믿는다.

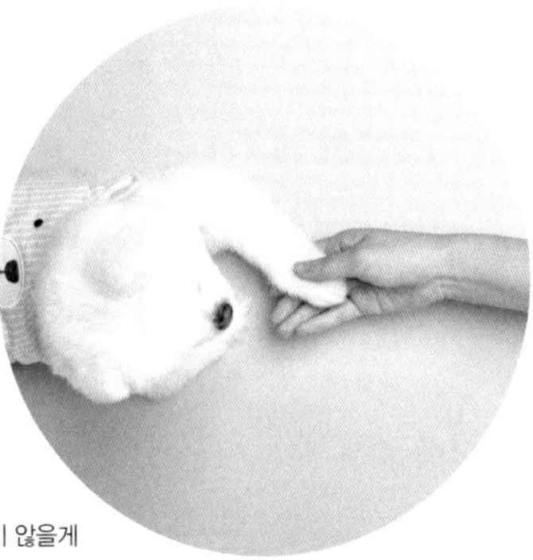

너의 손을 영원히 놓지 않을게

분리불안과의 싸움

달리를 데려오던 첫날, 자동차 안에서 벌어진 사건은 앞으로 싸워야 할 분리불안과의 전쟁을 알리는 서막에 불과했다. 버려진다는 것에 대한 두려움 때문일까? 달리는 잠시도 혼자 있어야 하는 상황을 견디지 못했다.

처음 집 안에 혼자 두고 외출했다 돌아온 날, 눈앞에 데자뷔 같은 상황이 펼쳐졌다. 여기저기 대소변이 널려 있고 달리는 그것을 온몸에 묻힌 채 덜덜 떨고 있었다. 얼굴은 침과 눈물로 다 젖어 있었다. 하! 한숨이 절로 나왔다. 홈 CCTV를 설치해놓고 홀로 남겨진 달리의 행동을 관찰했다. 달리는 혼자 남겨진 즉시 현관문 앞에 앉아 내가 돌아올 때까지 하염없이 기다렸다. 문 앞에서 뱅글뱅글 돌며 불안한 모습도 보이고 구슬픈 하울링도 했다. 그러다 아무 데나 대소변을 봤고 그것을 먹어치우기까지 했다. 그 모습을 직접 목격할 때의 충격이란….

분리불안을 고치기 위해 안 해본 것이 없다. 강아지의 시각에 맞게 특수 제작한 강아지 전용 유료 TV 채널을 틀어주기도 하고, 곳곳에 간식을 숨겨두고 오기도 했다. 내가 입고 있던 옷을 달리가 평소 편히 쉬는 집 안에 넣어주고 장난감도 곳곳에 놓아뒀다. 분리불안에 도움 된다는 것은 무엇이든 동원해봤지만 어떤 것도 효과가 없었다.

외출 전 모르는 척 조용히 나가고, 돌아와서도 아는 척을 하지 말라는데, 내겐 그것이 너무 매정하게 느껴져 도저히 그럴 수가 없었다. 금방 다녀올 테니 조금만 기다려달라고 설명했고, 다녀와선 이산가족 상봉처럼 얼싸안았다. 몇 초에서 수 분에 이르게 점차 시간을 늘려가며 문밖으로 나갔다가 돌아오는 훈련도 해봤지만, 달리에게 모든 것이 큰 스트레스였다. 결국 내가 마지막으로 선택한 방법은 아예 분리될 상황을 만들지 않는 것이었다.

평일엔 회사에 가야 하니 아침 출근길마다 할머니 댁에 달리를 맡겼고, 주말에는 달리와 여가를 즐겼다. 보고 싶은 영화가 있으면 함께 자동차극장에 갔고, 식당이나 카페에 갈 때도 맛을 따지기보다는 반려동물 동반 가능 여부가 기준이 되었다. 사실상 생활에 많은 제약이 생긴 것이다. 하지만 웬만한 불편은 감수하고도 남을 만큼 우린 함께 있는 시간이 행복하고, 달리와 떨어져야 하는 상황이 되면 나 역시 불안한 마음이 든다. 나야말로 분리불안이 생긴 모양이다.

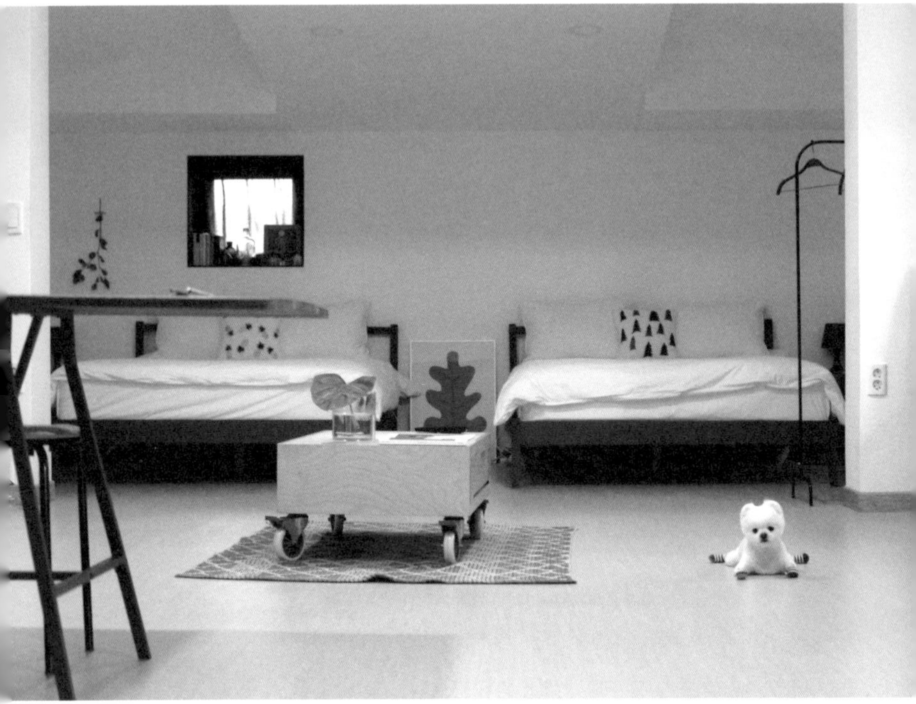

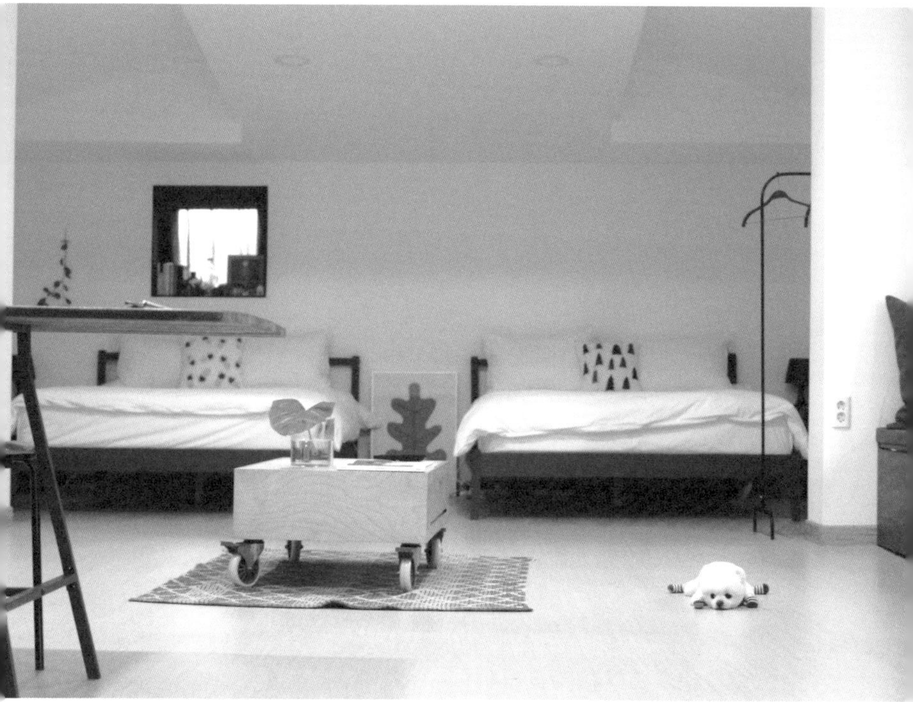

휴대폰도, 컴퓨터도, TV도,
책도 없는 곳에서 살 수 있을까?
하루 이틀은 견딜 수 있을지 몰라도
평생 그렇게 사는 건 상상도 안 된다.
달리가 지금 그런 세상에서 살고 있는 건 아닐까?
오직 나만 바라보면서.

할머니의 달리앓이

우리 할머니는 개를 그리 좋아하지 않으셨다. 달구를 키울 때부터 어찌 개를 이불 속에서 안고 자고, 입을 맞추느냐며 질색하셨는데, 달리에게도 마찬가지였다. 그런데 달리의 분리불안 때문에 어쩔 수 없이 출근할 때마다 할머니 댁에 달리를 맡기면서 할머니도 변하기 시작했다. 몇 번이고 달리의 이름을 가르쳐드려도 '가이(개의 강화도 사투리)'라고만 부르셨는데 어느 날부터 다정하게 이름을 부르셨고, 또 어느 날은 달리와 한 베개를 벤 채 낮잠을 주무셨다. 달리를 포대기로 등에 업고 다니셔서 애견용 유모차를 사드렸더니 유모차에 달리를 태운 채 동네를 산책하신다. 이미 동네에선 달리 할머니라 불린다.

달리는 어떻게 할머니의 마음을 사로잡았을까? 적적한 할머니께 귀여운 손녀딸 노릇을 톡톡히 했구나 추측할 뿐이다. 어느 날은 할머니께서 달리를 눕혀 놓고 배를 쓸어내리고 계시길래 무슨 일인지 여쭤봤다.

"할머니, 달리 어디 아파요?"

"달리가 배가 아픈 것 같어. 아 글쎄, 내가 빵을 꺼내 먹는데 달라고 나와보지도 않잖어."

이것보다 정확한 진단은 없다. 할머니께서는 걱정스러운 얼굴로 계속해서 달리 배를 쓸어내리고 계셨다. "쑥쑥 내려가라~." 어릴 적 내가 배탈 나면, 할머니께서 배를 쓸어내리며 외우시던 바로 그 주문이다.

견다

2

친구가 생겼어요

달구에게 못해준 것, 미안했던 것을 떠올리며 달리에겐 반복하지 말자고 다짐했다. 그중 하나가 강아지 친구를 만들어주는 일이다. 나는 시간 날 때마다 달리와 애견 카페나 애견 운동장을 찾았다.

달리는 아주 소심하고 겁이 많았다. 늘 구석에 숨기 바빴고 친구들이 모여 있는 곳에 내려놓으면 부리나케 도망쳐 내게 안아달라고 매달렸다. 함께 어울려 신나게 뛰어노는 강아지들을 보며 왜 달리는 저기 끼어서 재밌게 놀지 못할까 속이 상했다. 귀한 시간과 돈을 들여 멀리 있는 애견 놀이터까지 찾아왔건만 허탈할 때가 많았다.

달리가 잔뜩 겁을 먹고 있는 데다 다리까지 불편한 모습을 보고 마치 일부러 그러는 것처럼 위협적으로 다가와 넘어뜨리고 가는 개들도 있었다. 아이 싸움이 어른 싸움 된다는 말도 있지만, 개들 노는 것을 보며 개를 혼낼 수도 없고 보호자에게 따질 수도 없어 나만 속으로 열이 났다. 나는 그런 개가 나타나면 달리 옆에 개처럼 네 발로 서서 그 개가 달리에게 그런 행동을 하지 못하도록 막았다.

어쨌든 달리는 끝까지 애견 카페나 애견 운동장을 좋아하지 않았다. 생각해 보면 나도 사람들과 어울리는 것보다 혼자만의 시간을 보내는 것을 더 좋아하고, 사람이 많은 곳에 가는 것이 큰 스트레스가 되기도 한다. 그렇다고 내게 문제가 있는 것이 아닌 것처럼 달리 또한 개들과 어울리는 걸 좋아하지 않는다고 해서 문제가 있는 것이 아니라, 그냥 고유의 성향일 수 있는 것이다. 이 사실을 뒤늦게 깨닫고 지금은 굳이 그런 장소를 찾지 않는다.

대신 달리와 비슷한 성격과 체구의 친구 몇몇을 따로 사귀었다. 주로 보호자들이 만나 수다를 떠는 모임이었는데, 동반한 강아지들은 오랫동안 서로를 본체만체했다. 하지만 그렇게 편안하게 익숙한 만남을 계속 이어갔더니 지금은 오랜만에 만나면 자기들끼리도 반갑다고 서로 인사를 한다. 달리에게도 친구가 생긴 것이다.

고기 주세요
고기!

우리 함께
물놀이 가자~

풍부한 달리의 표정

달리는 작은 강아지의 몸으로 너무도 낯선 세계에 덩그러니 혼자 왔다. 커다란 사람들 틈에서 말도 통하지 않고, 행동도 이해되지 않고… 얼마나 많이 힘들었을까? 나의 말 한마디, 작은 행동 하나까지 알아듣고 이해하려고 매 순간 많이 노력했을 것이다. 알아듣는 것도 힘든데 의사를 표현하긴 또 얼마나 더 어려웠을까? 같은 사람끼리도 언어가 다르면 의사소통하기 어려운데 하물며 동물은 평생 어떨지….

하지만 달리는 꽤나 확실하게 자기주장을 하고 내 말을 잘 이해한다. 원래 개는 얼굴 근육이 발달하지 않아서 표정이 없다고 한다. 들개를 보면 그렇다. 하지만 사람과 가까이 지내는 개는 더 깊은 교감을 나누고 소통하기 위해 사람의 감정에 주목하고 표정을 모방하게 된다고 한다. 달리는 내가 즐거워할 때 웃는 표정을 눈여겨봤을 것이고, 우울한 모습을 보고 시무룩한 표정을 배웠을 것이다. 그리고 열심히 공부해 배운 표정을 스스로 지어봤을 것이다. 달리는 놀랄 만큼 풍부한 표정을 지니고 있다. 나와 소통하기 위해 얼마나 많은 노력을 한 것일까?

달리를 이해하기 위해 공부해왔다고 생각했는데, 달리의 노력에 비하면 나는 아무것도 아니었다. 새삼 달리에게 고맙고 미안했다. 달리를 더 잘 이해할 수 있도록 노력해야겠다.

가끔 너무 사람처럼 자는 달리의 모습을 보고
깜짝 놀랄 때가 있다.

달리, 너… 사람이니?

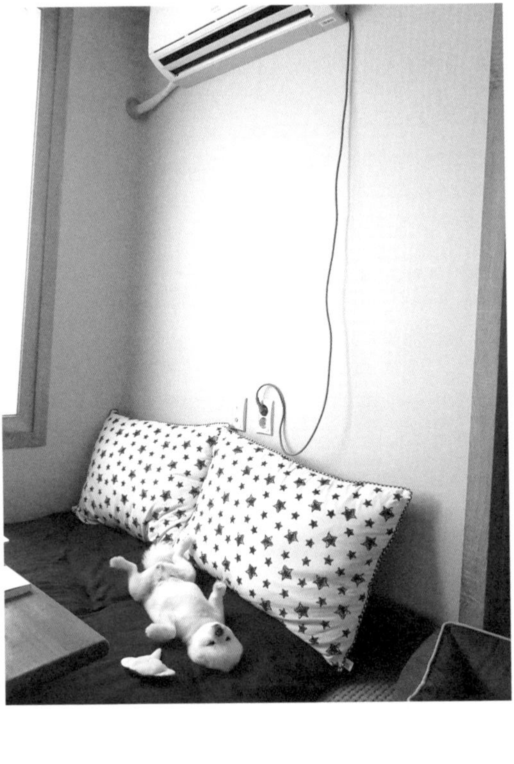

어느 여름날, 에어컨 아래
명당자리에 누워 낮잠 자는 중

개병 주의보

우리 집에 처음 달리를 데려왔을 때, 엄마는 달리를 반기지 않으셨다. 동화 속에 나오는 계모처럼 구박하거나 미워한 것은 아니지만 의식적으로 달리에게 정을 주지 않으려 하셨다. 심지어 내가 달리를 예뻐하는 모습을 보면 "단단히 개병에 걸렸다"며 힐난하기까지 하셨다. 사실 엄마가 달리를 미워해서 그랬던 것은 아니다. 달구에 대한 의리(?)를 지키고자 그러셨음을 나도 마음속으로는 잘 알고 있었다.

우리 집엔 아직도 달구가 사용하던 집이 남아 있다. 달리가 집 안 어디를 누벼도 상관없지만 달구 집에 들어가는 것만은 허락되지 않았다. 그런데 어느 날, 달리가 또 눈치 없이 달구 집에 들어가 있었다. 얼른 엄마 눈치를 살폈더니 엄마도 그 모습을 봤지만 별다른 말씀을 하지 않으셨다. 그때 처음으로 '이제 엄마 마음에도 달리가 들어갔구나'라고 생각했다. 지금은 엄마도 달리에게 아낌없는 사랑을 표현하신다. 그런 모습을 보면 괜히 놀리고 싶어서 한마디 한다.

"옛날에 나보고 개병 걸렸다며?"

"그게… 전염병인가 봐~!"

우리 집은 3대가 개병에 걸렸다.

꽃
보
다
달
리

달리의 저금통장

작년 '욜로YOLO, You Only Live Once'라는 신조어가 등장하며 큰 열풍이 불었다. 낯선 '욜로'에서 익숙한 향기가 나더라니, 미래에 대한 준비보다는 현재의 행복을 중시하며 살아온 나를 표현하는 말이었다. 맛있는 음식을 먹고, 가보고 싶은 곳을 여행하고, 배우고 싶은 것을 배우면서 현재의 욕망에 충실한 삶을 살았다. 아쉽게도 저축할 여유까진 없었다.

하지만 달리를 가족으로 맞으면서 처음으로 저축의 필요성을 생각하게 되었다. 반려동물은 사람과 같은 의료보험 제도가 없어서 아픈 곳이 생기면 예상치 못한 큰 지출이 발생한다. 더구나 달리는 다리가 불편하기 때문에 더욱 의료비에 대한 비상금이 필요하다. 그래서 혹시 모를 비상 상황에 대비해 생애 첫 적금을 들었다. 통장에 부기명으로 달리의 이름도 기재했다. 어엿한 달리의 통장이다. 매달 조금씩 저축을 하고, 명절에 달리가 할머니와 엄마에게 받는 용돈도 빠짐없이 입금했다.

1년이 지나자 생각지도 못한 목돈이 마련되어 있었다. 더군다나 의료비를 목적으로 한 비상금이기 때문에 지출할 일 없이 남은 것이 더 큰 기쁨이다. 매년 달리의 저금통장 만기일엔 한 해 동안 건강했던 달리에게 감사하며 소고기를 사 먹이고, 남은 돈은 아파도 치료받지 못한 유기동물을 위해 기부하고 있다. 뿌듯하고 행복한 일이다.

KB 국민은행
입출금식통장
K B W i s e 통장
KB 국민은행

그동안 착하게 살지도 못했는데

이렇게 사랑스러운 아이가 내 동생이라니!

너무 큰 복을 가불받은 것만 같아서

그걸 다 갚으려면

부지런히 착하게 살아야 할 것 같다.

개무룩 강아지의 탄생

영화 〈아메리칸 셰프〉의 주인공 칼 캐스퍼는 유명한 일류 레스토랑의 셰프이다. 트위터가 무엇인지도 잘 모르는 그에게 주변에서 자꾸만 트위터에 올라온 글을 신경 쓰지 말라는 얘기를 한다. 칼은 결국 어린 아들의 도움을 받아 트위터에 가입하고, 유명 음식 평론가가 자신의 요리에 대해 남긴 혹평을 발견하게 된다. 화가 잔뜩 난 칼은 평론가에게 욕설을 보내는데 개인 메시지로 전송되는 줄 알았지, 모두가 볼 수 있는 전체 공개로 남을 줄은 꿈에도 몰랐다. 자고 일어났더니 하루아침에 핫이슈의 주인공이 되어 있었다. SNS 무식자이기에 생긴 해프닝이다.

나 또한 칼처럼 SNS 무식자였다. 내가 귀여운 달리 사진을 보여줄 때마다 몽구 오빠는 혼자 보기 아깝다며 SNS 계정을 만들라는 이야기를 했지만 내겐 너무 어려운 일이라 매번 흘려듣고 말았다. 그러던 어느 날, 큰마음 먹고 몽구 오빠에게 SNS에 달리 사진을 올리고 싶은데 어떻게 해야 하는지 알려달라고 했다. 몽구 오빠는 '미디어몽구'라는 이름으로 활동하는 1인 미디어이기 때문에 SNS 사용에 매우 능숙했다. 오빠는 그날 페이스북에 달리 계정 만드는 작업과 사진 올리는 방법을 알려주었다. 그날부터 달리 페이지에 그동안 혼자 보기 아까웠던 사진들을 게시하기 시작했다.

김치전을 보고 한껏 기대하다가 한 점도 얻어먹지 못하자 시무룩하게 변한 달리 사진에 '개'와 '시무룩'을 합성한 '개무룩'이란 제목을 달아 게시했다. 그런데 이 사진이 게시하자마자 큰 히트를 쳤다. 순식간에 조회 수 200만이 넘었고, 포털 사이트 메인과 TV에도 소개되었다. '개무룩'이라는 말이 유행어처럼 여기저기서 쓰였고, 달리와 외출하면 혹시 개무룩 강아지 아니냐는 질문을 받았다. 하루아침에 생긴 일이다. SNS의 위력을 실감한 순간이다.

나도
입 있다, 뭐~

뜻밖의 외국어 공부

달리가 좋아하는 음식이 몇 가지 있는데 그중에서도 소고기와 우유를 특히 좋아한다. 얼마나 좋아하냐면 곤히 자고 있을 때 조용히 "소고기"라고 읊조리면 벌떡 일어나 두리번거릴 정도이다. 그래서 사진 찍을 때도 '김치'나 '치즈' 대신 '소고기'를 외치면 활짝 웃는 예쁜 표정을 담을 수 있다. 그래도 소고기는 평소에 자주 사용하는 단어가 아니지만 우유의 경우는 좀 다르다.

"엄마, 라테 마시고 싶은데 우유가 있던가?"라고 말하는 순간 달리가 우유를 알아듣고 신나게 냉장고 앞으로 달려간다. 자주 이런 일이 반복되니, 실망하는 달리에게 미안해서 우유를 우유라 부르지 못하고 대체할 다른 이름이 필요해졌다. 영어는 못 알아듣겠지 싶어서 밀크라고 부르기 시작했다. 하지만 사람과 함께 사는 반려동물의 눈치는 여간 빠른 것이 아니다. 달리는 오래지 않아 밀크가 우유라는 것을 알아차렸다. 제2외국어를 공부해야 할 때가 온 것 같다.

우유를 마시면 꼭 이렇게 티를 낸다.

생일상의 완성은 소고기

달리의 소고기 사랑 때문에 매년 달리 생일에는
소고기로 속이 가득 찬 케이크를 준비한다.

블랙박스에 충격 감지 센서가 있어서
차량에 충격이 가해진 순간이 저장되는 것처럼
내게도 '심쿵' 하는 순간이 저장되는
기능이 있으면 좋겠다.
달리는 시도 때도 없이 귀여워서
카메라로는 놓치는 순간이 너무 많으니까.

골목대장이 나가신다

언젠가부터 달리에게 변화가 생겼다. 산책을 하다가도 개를 만나면 무서워서 꼬리를 숨긴 채 피하기 바빴는데, 어느 날부터 더 이상 숨지 않았다. 마주 오던 개가 짖으면 질세라 더 큰소리로 짖었고, 몸이 부딪쳐도 세 발에 힘을 꽉 주고 밀려나지 않게 버텼다. 자기보다 몇 배나 큰 개를 봐도 기세가 밀리지 않았다.

겁쟁이 달리에게 '골목대장'이라는 새 별명이 생겼다. 나는 용감해진 달리가 너무 기특하고 좋다.

LUCKY

바람
좋다~

책임감이란
이름의 무게

어제 식탁 밑에서 내내 기웃거리더니 달리 뒤통수에 초고추장이 묻어 있었다. 달리는 내가 닦아주지 않으면 언제까지고 초고추장을 묻히고 다니기도 하고, 깨끗이 씻겨 예쁜 침구에 눕혀주면 베개 베고 이불 덮고 아이처럼 잠이 들기도 한다. 내가 뭐라고 내 손길에 따라 한 생명체의 존엄이 결정되고, 그 영혼의 행복과 불행이 결정되는 것이다. 책임감을 갖고 달리를 지켜야 한다는 생각이 강하게 들었다.

정현종 시인은 만남의 무게에 대해 이야기했다.
“사람이 온다는 건 실은 어마어마한 일이다.
그는 그의 과거와 현재와 그리고 그의 미래와 함께 오기 때문이다.
한 사람의 일생이 오기 때문이다.”

이 말은 비단 사람 사이의 관계에 한정되지 않는다.
오히려 반려동물과의 만남은 훨씬 중한 책임이 따른다.
사람은 스스로의 삶을 개척해나갈 수 있지만,
동물의 삶은 만나는 사람에 의해 정해지기 때문이다.

또한 사람은 이별 후 스스로를 지킬 수 있지만,
동물은 사람에게 버림받는 순간 생존을 위협받는다.
물건 쇼핑하듯 쉽게 데려오고,
갖가지 이유로 아무렇지 않게 버리는 행태를 멈추고
무거운 책임감을 가져야 하는 이유이다.

멋쟁이 달리

주말에 빙어 축제를 가기로 했다. 낚시란 인내가 필요한 법! 추운 겨울에 밖에서 오랜 시간 있어야 하니 완전무장을 해야 했다. 달리도 옆에서 기다리는 동안 발이 시릴 것을 대비해 어그 부츠를 사주기로 했다.

달리의 신발을 사는 것은 처음이라 사이즈를 측정하기 어려웠지만, 발톱 끝부터 발바닥 패드 부분까지 자로 재보니 약 40mm 정도가 나왔다. 인터넷으로 40mm 어그 부츠를 찾아 주문했다. 다음 날 택배가 도착했고, 상자 안에 앙증맞은 신발 네 개가 들어 있었다. 달리에게 신겨보니 다행히 아주 잘 맞았다. 달리도 빙어를 처음 봤겠지만, 빙어도 어그 부츠를 신은 강아지는 처음 봤을 것이다.

달리의 드레스룸

이렇게 뜻밖의 득템을 하기도 한다.

소망이 이야기

오래전부터 SNS를 통해 달리에게 응원과 따뜻한 말씀을 해주시는 분의 반려견이 '소망이'라는 사실을 알고 굉장히 놀랐다. 그분의 소망이가 내가 알고 있던 바로 그 '소망이'였고, 나는 소망이가 살아 있으리라곤 상상도 못 했기 때문이다.

2011년 '광화문 소망이 사건'이라 불리는 동물 학대 사건이 있었다. 광화문 한복판에서 공사장 인부 둘에 의해 작은 강아지 한 마리가 돌팔매질을 당한 일이다. 공사 현장에서 시끄럽게 짖었다는 것이 이유였다. 돌에 한 번만 잘못 맞아도 치명적인데, 그 작은 아이를 구석에 몰아넣고 40여 분 동안 돌팔매질을 했단다. 축구 전반전 경기를 시작했다 끝날 만큼 긴 시간이다.

뉴스를 통해 소망이 소식을 처음 접했는데, 소망이는 마침 Y가 일하는 동물병원 응급실에 실려왔다. Y를 통해 들은 소망이 상태는 절망적이었다. 두개골이 크게 손상되었고, 한쪽 안구도 적출했다고 했다. 살아 있는 것이 기적이었다. 워낙 상태가 좋지 않다고 들었기에 오래 버티지 못할 것이라 생각했다. 충격적이고 안타까운 사건이었지만, 소망이는 그렇게 점점 내 기억 속에서 잊혀 갔다.

그랬던 소망이의 소식을 5년이 지나 듣게 되었다. 나는 너무 놀랐고, 만나서 그동안의 이야기를 나누기로 했다. 달리는 개를 좋아하지 않아서 개만 보면 일단 짖는다. 여러 번 만나 친해진 이후엔 괜찮지만 첫 만남엔 무조건 짖는다. 그래서 소망이와 만나기 전 소망이에게도 사납게 짖을까 봐 걱정했다. 그런데 달리가 첫 만남부터 유일하게 짖지 않은 강아지가 바로 소망이다. 달리는 처음 만난 소망이를 지그시 바라보았고, 소망이가 몸을 잘 가누지 못해 달리를 밀치며 쓰러져도 화를 내지 않았다. 달리에게 너무 고마웠고, 눈앞에 거짓말처럼 살아 있는 소망이에게도 너무 고마웠다.

언니는 5년 전 우연히 소망이 사건을 접하고, 손이 덜덜 떨릴 만큼 충격을 받았다고 한다. 그리고 얼마 후, 돌봐줄 이 없는 소망이의 임시 보호를 하게 되었다. 차마 아무도 용기 내지 못했을 때 내민 구원의 손길이었으리라. 그렇게 하루하루 소망이와 함께한 시간이 모여 어느덧 5년이 흘렀다.

소망이의 상태는 좋지 못했다. 몸의 근육이 다 빠져서 네 발로 온전히 서 있지 못했고, 시력이 거의 남아 있지 않아서 벽에 자꾸 부딪치곤 했다. 우리가 이야기를 나누는 동안 갑자기 발작 증상을 보이기도 했다. 나는 처음 보는 광경에 너무 놀라 어찌할 바를 몰랐는데, 언니는 침착하게 가방에서 주사기를 꺼내더니 주사를 놓아주었다. 그리고 소망이를 품에 안은 채 이름을 몇 번 불러주니 곧 발작이 멈췄다. 내겐 너무 충격적인 상황이었는데 언니에겐 일상이라고 했다. 긴 시간을 이렇게 견뎠고, 이겨냈던 것이다.

소망이에게 돌팔매질을 했던 인부 두 명은 각각 100만 원과 50만 원의 벌금을 선고받았다. 한 생명의 삶을 송두리째 망가뜨렸고, 그 생명이 안타까워 보호를 자처한 사람은 인생의 중요한 시기에 많은 것을 포기하며 큰 희생을 치르고 있는데, 정작 이를 책임져야 할 사람들은 고작 150만 원을 내고 끝이 났다. 참 말도 안 되는 일이다.

어느 날, 소망이 언니와 이런 대화를 나눴다.

"언니, 그러고 보니 우리 애들은 둘이 합쳐서

눈이 세 개고 발이 일곱 개야.

뭐 하나씩 부족한 애들인데 왜 더 사랑스럽지?"

"그러게 말야!"

언제든 마음껏 달려라, 달리야~

달리다

3

회사원

달리

반려견을 키우는 직장인이라면 누구나 한 번쯤 반려견과의 동반 출근에 대한 꿈을 꿨을 것이다. 더구나 나처럼 분리불안이 심한 개를 키우는 사람은 더욱 그럴 것이다. 그동안 나는 매일 아침 출근길마다 할머니 댁에 들러 달리를 맡기고 다녔다. 늦잠이라도 자서 도저히 할머니 댁에 들를 시간이 없을 때는 어쩔 수 없이 집에 두고 나왔고 엄마가 집으로 곧장 달려가주셨다.

달리의 분리불안은 좀체 나아질 줄 몰랐다. 집 앞에 쓰레기를 버리러 가는 잠깐의 시간도 혼자 견디지 못해서 늘 보살펴줄 사람이 필요했다. 그러다 할머니의 건강 문제로 더 이상 달리를 보살펴줄 수 없는 상황이 왔다. 진퇴양난이었다. 고민한 끝에 반려동물과 동반 출근이 가능한 직장을 알아보기 시작했다.

한 설문 조사에 따르면 미국 회사의 11%는 반려동물과 동반 출근을 허락하고 있다고 한다. 아마존, 구글 등의 회사는 물론, 미국 내무부도 반려견 동반 출근이 허용됐다. 하지만 우리나라에서 반려동물과 동반 출근이 가능한 회사를 찾는 것은 쉬운 일이 아니었다. 다른 업무 조건이나 복지가 중요한 게 아니라 달리와 함께 있을 수 있다면 그곳이 내겐 꿈의 직장이었다. 그러다 마침내 달리와 출근할 수 있는 곳을 찾았다. 반려동물 관련 회사이고 전 직원 모두 동물을 좋아했기에 가능한 일이었다. 결국 나는 그곳으로 이직했다. 그동안의 경력과 무관하게 신입으로 다시 시작한 것이다. 출퇴근에 왕복 3시간이 늘어났고 연봉도 훨씬 줄었지만, 그것은 그다지 중요하지 않았다.

이미 많은 연구 결과에서 반려견과의 동반 출근이 생산성 향상과 스트레스 해소 등에 도움이 된다고 나왔다. 나는 달리와 출근하며 이를 몸소 체험했다. 집에 있을 달리가 걱정되어 퇴근 시간만 기다리는 일이 없어졌고, 쉬는 시간마다 직원들은 달리를 보기 위해 내 자리로 몰려들었다. 자연스럽게 대화가 늘어났고 웃을 일이 훨씬 많아졌다. 지금은 내가 재택근무를 하고 있어 회사에 출근하지 않지만, 옛 동료들은 아직도 달리가 출근하던 때가 제일 즐겁고 행복했던 시간이라고 회상한다.

달숙 언니,
나 오늘 야근이야!

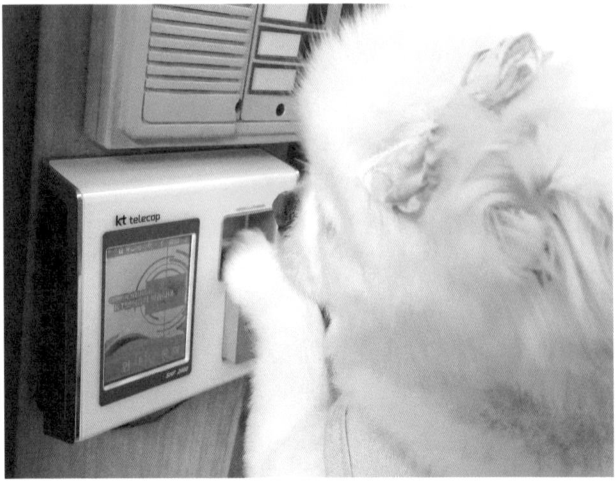

8시 50분 달리 님이 출근했습니다.

회의에 참석하고 싶은 달리

달리가 출근한 날은 퇴근길 간식비 명목으로 1만 원의 수당이 나왔다.

사장님과 다른 계약이 있었나 의심될 정도로 매서운 감시자였다.

달리를 안고 길을 걷다 보면,
무표정하고 건조한 얼굴로
마주 걸어오던 사람들의 표정이
갑자기 환해지는 마법을 경험할 수 있다.

귀여운 사기꾼

한때 달리는 목욕하는 것이 싫었는지 쌩쌩하게 잘 놀다가도 욕실만 데려가면 갑자기 몸의 힘을 쭉 빼고 자는 척을 했다. 어이가 없어서 가만히 지켜보고 있으면 살짝 실눈을 떴다가 금방 다시 눈을 꾹 감곤 했다.

이뿐만이 아니다. 배변 패드에 볼일을 볼 때마다 칭찬 간식을 하나씩 줬더니 간식이 먹고 싶을 땐 배변 패드에 잠깐 웅크리고 앉아서 소변을 보는 시늉을 하고는 간식을 달라고 달려온다. 확인해보면 패드는 깨끗하다.

자그마한 머리로 어쩜 그런 꾀를 쓰는지 기가 막힌다. 처음 몇 번은 속아주다가 더 이상 받아주지 않았더니 이제 자주 볼 수 없는 행동이 되었다. 이럴 줄 알았으면 더 속아주는 건데…. 가끔씩 조그만 사기꾼이 벌이던 귀여운 사기 행각이 그립다.

자는 척 메소드 연기 중

페퍼민트 허브를 띄운 스파 즐기는 중

목욕하면 이렇게 예쁘면서…

가슴 뭉클한 교감

달리와 단둘이 제주도 여행을 갔을 때의 일이다. 마침 가파도 청보리 축제 기간과 겹쳐 배를 타고 가파도에 가보기로 했다. 모슬포항과 가파도를 오가는 배는 크기가 크지 않고, 하루에 몇 척 다니지 않아서 그런지 여느 축제 현장과는 달리 사람이 많지 않아 소란스럽지 않은 분위기였다.

배에서 우르르 내린 단체 관광객마저 먼저 지나가도록 여유를 부렸더니 섬 전체가 내 것인 양 고요한 가파도를 즐길 수 있었다. 왼편엔 해풍에 일렁이는 푸른 청보리가 장관을 연출했고, 오른편엔 아름다운 바다가 펼쳐져 있었다. 햇살도 좋았고, 적당히 불어오는 바람이 시원했다.

눈을 꼭 감고 평화로운 마음으로 햇살과 바람을 느끼며 걷다가 문득 내게 안겨 있는 달리를 바라봤더니, 달리도 좀 전의 나와 똑같은 표정을 하고 바람을 느끼고 있었다. 그 순간이 왜 그리 찡하던지 눈물이 왈칵 나와버렸다. 그때 기억은 오래 잊지 못할 것 같다.

마음청정기

미세먼지로 오염된 실내 공기는
공기청정기가 해결해주듯이,
나쁜 생각으로 마음이 오염됐을 땐
달리가 해결해준다.

달리의

뽀뽀

잠깐이라도 달리가 말을 할 수 있다면 무엇을 좋아하고, 무엇을 싫어하는지 낱낱이 물어보고 싶다. 미처 몰랐던 취향까지 파악해서 더 잘해주고 싶기 때문이다. 물론 직접 물어보지 않아도 맛있는 간식 먹는 것을 제일 좋아한다는 것쯤은 알고 있다. 그래서 상을 주거나 칭찬해주고 싶을 때 맛있는 간식을 준다.

반대로 달리 또한 내가 가장 좋아하는 것을 자기 나름대로 파악하고 있는데, 바로 자신이 해주는 뽀뽀이다. 평소에 달리는 내가 "뽀뽀"라고 말하면 바로 다가와 입술을 핥아준다. 하지만 언짢은 일이 있거나 삐쳤을 때는 아무리 입술을 내밀어도 요리조리 고개를 피하며 절대 뽀뽀해주지 않는다. 애원하고 부탁해도 단호히 고개를 젓다가 마음이 조금 풀렸을 때에야 비로소 뽀뽀를 해준다. 값비싼 뽀뽀이다.

또한 내게 고마운 마음이 들 때도 역시 뽀뽀로 마음을 표현한다. 더 이상 걷기 힘들 때 안아준다든지, 화장실에 가고 싶던 차에 잔디밭에 데려간다든지, 좋아하는 음식을 줬을 때는 어김없이 뽀뽀를 해준다. 무엇이든 당연하게 여기지 않고 "고마워, 언니"라고 표현하는 것 같아 참 예쁘다. 엄마는 살면서 달리만큼 인사성이 좋은 아이는 본 적이 없다고 말씀하신다.

존재가 주는 위로

철학자 버나드 윌리엄스는 말했다.
"강아지가 얼굴을 핥아주는 세상에는
정신과 의사가 필요 없다."
한없이 우울한 날에는
따뜻한 달리의 체온을 느끼며
꼭 안고 있는 것만으로도
큰 위로가 된다.

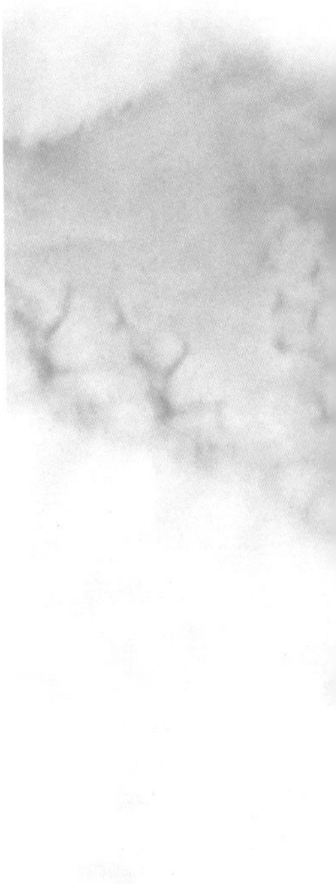

지켜주지 못해 미안해

달리에게 양치질을 시키다 보니 아래 앞니가 많이 흔들렸다. 며칠 전 산책길에 달리가 넘어지며 앞으로 고꾸라진 일이 있었는데 아무래도 그때 다친 것 같았다. 당시에는 입술이 까진 것만 발견했는데, 이가 다 흔들릴 정도로 다쳤을 줄이야! 말하지 못하는 동물을 키우다보니, 아픈 것을 알아차리지 못했을 때만큼 속상한 일도 없다.

당장 치과병원에 예약했다. 전신마취를 한 후 정밀 검사를 한 결과 흔들리는 아랫니 두 개를 뽑아야 한다고 했다. 달리의 이빨이 얼마나 고르고 예뻤는데…. 그냥 두면 염증이 번져 다른 이까지 상하게 한다고 해서 어쩔 수 없이 발치에 동의했다.

무사히 발치 수술을 마치고, 달리의 앞니 두 개는 현재 내 서랍 속에 고이 보관되어 있다. 다행히 기능적으로 큰 역할을 하는 이는 아니라 뽑아도 상관없다지만, 가끔 환하게 웃을 때 앞니 빠진 것이 보이면 절로 안타까운 마음이 든다.

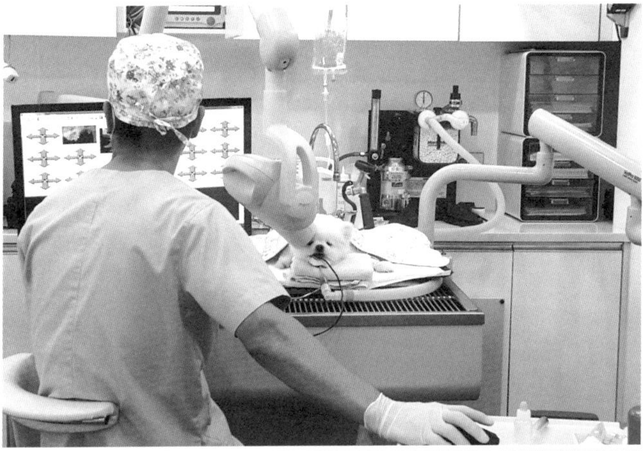

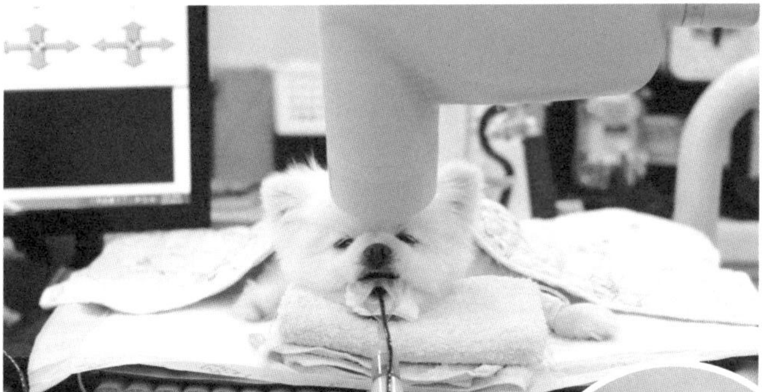

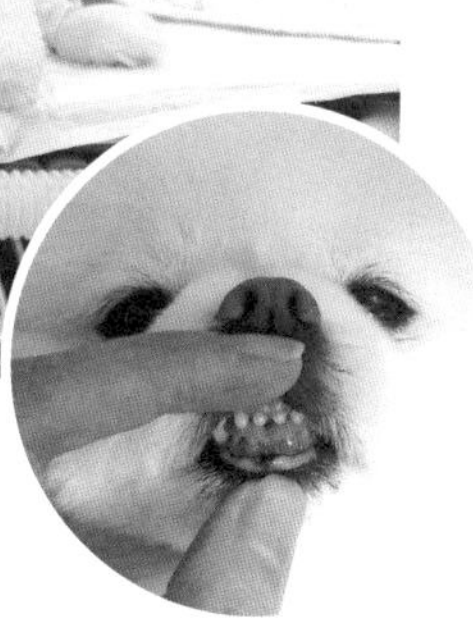

달리의 소중한 쌀알 두 톨, 지켜주지 못해 미안해!

신나게 달려요!

달려~

어이쿠,

넘어지고 말았네.

따뜻한 사랑
한 조각

나를 만나기 전 달리의 이름은 '두부'였다. 과거의 좋지 않은 기억은 모두 잊길 바랐고, 그래서 이름부터 바꾸어주었다. 혹시라도 옛 이름을 들으면 예전 기억이 떠오를까 봐 우리 집에서 두부는 금기어가 되었다.

집 근처에 혼술을 하러 가끔 들르는 대폿집이 있다. 언젠가 주인아주머니께 달리 이름에 대한 이야기를 해드렸는데 기억하고 계셨나 보다.

"오늘은 달리 먹을 것이 없네. 그거 조금 줄까? 그거?"

"네?"

아주머니는 달리 눈치를 봐가며 소리 없이 입 모양만으로 두부를 말씀하신다. 아~ 반갑게 웃으며 고개를 끄덕였다. 잠시 후 달리의 간식으로 따뜻하게 데친 두부 한 조각이 나왔다. 그날 달리가 먹은 것은 두부가 아니라 따뜻한 사랑이었다.

매일 아침 눈뜰 때마다
행복이 하얀 덩어리 형체로
내 눈앞에 있다.
살며시 행복을 어루만지며
기분 좋은 하루를 시작한다.

향기로 만나는 세상

공원에 산책을 나가면 여기저기 냄새 맡기 바쁜 달리를 기다리느라 한참 걸린다. 한 걸음 떼고 킁킁킁, 또 한 걸음 떼고 킁킁거리는 식이다. 개는 후각이 발달해서 냄새를 맡는 것만으로도 어마어마한 정보를 습득할 수 있다고 한다. 옆집 개는 누구와 언제 산책을 다녀갔는지, 간식으로 무엇을 먹었는지… 어쩌면 나보다 옆집 사정에 대해 더 빠삭하게 알고 있을지도 모른다. 냄새를 통해 사방의 많은 이야깃거리를 접하고 있는 것이다. 사람으로 비교하자면 TV를 시청하는 것과 같다. 예전에 이것을 알지 못했을 때는 빨리 좀 가자며 달리를 재촉하곤 했는데, 지금은 달리가 충분히 즐기도록 기다려준다. 한창 재밌게 TV 시청을 하고 있는데 채널을 돌려버리면 나라도 언짢을 테니 말이다.

가끔 달리가 아무렇게나 피어 있는 들꽃에 대고 한참 냄새 맡는 모습을 보면 어떤 냄새가 나길래 그러는지 궁금해서 나도 같이 몸을 낮춰 맡아보기도 한다. 혼자 다닐 때는 내 시선에 들어오지 않았던 꽃이고, 알지 못했던 향기이다. 달리로 인해 나의 세계도 풍요로워진다.

달리의 옛 사진

SNS를 통해 메시지를 받았다. 그분은 자신을 달리가 유기됐던 동물병원에서 근무하는 수의테크니션의 동생이라고 소개했다. 달리를 동물병원에 혼자 두고 퇴근하기 안쓰러워했던 언니가 가끔씩 달리를 집으로 데려와서 돌봐준 인연이 있다고 말했다. 이름도 생김새도 달라서 처음엔 긴가민가했지만 다친 발과 사연 때문에 달리를 알아보게 되었다고 한다. 그 시절의 달리는 상상만해도 너무 아프다. 하루라도 빨리 병원에서 데려오지 못한 것이 후회와 죄책감으로 남았다. 그곳에서 얼마나 외롭고 두려웠을까. 그런데 달리가 제일 힘들었을 시기에 따뜻한 집에 데려가 돌봐준 분이 계시다니 너무 감사했다. 그분은 예전에 사용하던 휴대폰에서 달리의 옛 사진을 찾아 보내주겠다고 했다.

나는 반려동물을 키우는 지인들이 가장 부러워지는 순간이, 반려동물의 어린 시절 사진을 보여줄 때다. 이 세상에 새끼 강아지만큼 귀엽고 사랑스러운 존재가 또 있을까? 하지만 나는 달리가 두 살 때 처음 만났기 때문에 달리의 어릴 적 모습을 알 수 없다. 포메라니안종은 특히 생후 3~7개월 사이 얼굴의 배내털이 모두 빠지면서 가장 못생겨 보이는 '원숭이 시기'가 있다. 내겐 그 흑역사까지도 너무 소중할 텐데 사진 한 장 없는 것이 늘 억울하고 아쉬웠다. 그런데 생각지도 않게 달리의 옛 사진을 얻게 된 것이다. 소중하고 반가운 마음으로 보내주신 사진을 열어봤다.

그리고 마음이 아파 눈물이 났다.
내가 갖게 된 가장 어린 달리의 모습이
귀엽고 앳된 것이 아니라 많이 고단해 보였기 때문이다.
하지만 내겐 그 사진도 너무 소중하다.
달리가 그 시기를 잘 이겨냈기 때문에
우리가 만날 수 있었다.

다이어트는 힘들어

달리의 몸매는 동글동글 통통하고 귀엽다. 가끔 놀림을 받으면 살이 아니라 털이 찐 거라고 변명해보지만, 털을 짧게 자르고 나면 금방 들통나는 거짓말이다. 먹고 싶은 것을 맘껏 먹어도 살이 찌지 않으면 좋으련만, 달리는 안타깝게도 남들과 똑같이 먹어도 좀 더 살이 잘 찌는 체질이다. 게다가 다리 건강 때문에 몸이 가벼울수록 좋다고 하니 다이어트는 평생의 숙제이다.

체중 감량을 위한 달리의 하루 권장 칼로리는 190kcal이다. 아침저녁으로 철저하게 칼로리를 계산해 밥을 주기 시작했다. 포만감을 위해 다른 것보다 채소를 많이 섭취하면 다이어트에 도움이 된다는데, 달리는 채소를 좋아하지 않아서 오로지 고기만 골라 먹는다. 역시 다이어트는 쉽지 않다.

두 살 버릇.

일곱 살까지 간다.

사랑스러운 엄살쟁이

예전에 달리는 동물병원에서 힘든 검사를 받거나 주사를 맞아도 아픈 기색 없이 꾹 참아냈다. 늘 수의사 선생님께 의젓하다고 칭찬받았고, 잘 참는 모습이 대견하면서도 안쓰러웠다.

하지만 달리가 변했다. 요즘엔 주삿바늘이 들어가지도 않았는데 소리 지르고 아픈 척을 한다. 엄살쟁이가 된 것이다.

개는 원래 무리 생활을 하던 본능이 남아 있어 아픈 것을 들키면 무리에서 낙오될까 봐 아파도 숨기는 습성이 있다고 한다. 어쩌면 달리도 아픈 것을 내색했다가 버림받는 것이 두려워 꾹 참아왔는지도 모른다.

그렇게 생각하면 난 달리가 아픈 것을 꾹 참는 것보다 엄살쟁이인 편이 훨씬 더 좋다.

"오구오구, 우리 달리 그렇게 많이 아팠쪄?"

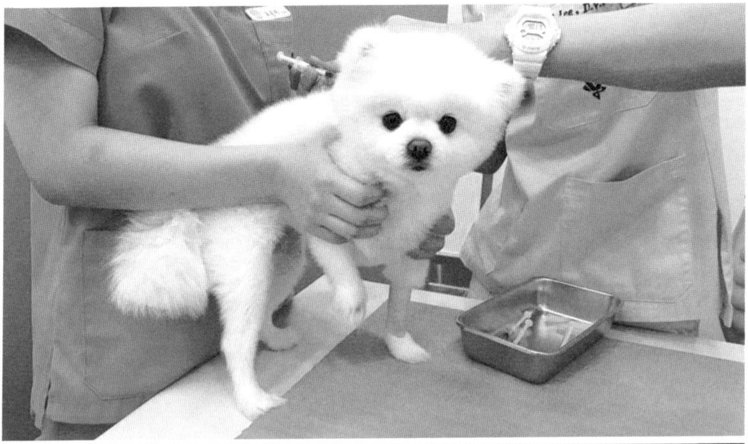

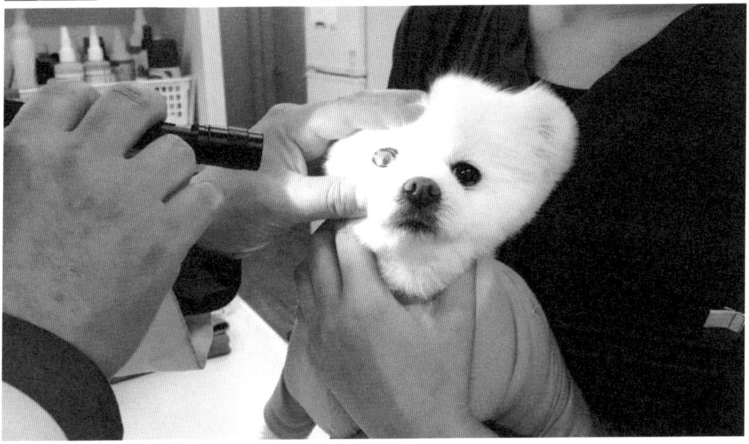

아기 천사가 오른쪽 날개를 다쳐
인간 세상으로 떨어졌다.
나는 그게 달리가 아닐까 하는
생각을 하곤 한다.

내 동생 귀염둥이, 개구쟁이 내 동생♪
이름은 하나지만 별명은 서너 개.
별명 부자 달리의 별명을 소개한다.

수달

건돨

나무늘보

돼지감자

하지만 이렇게
잘 어울리는 모자도 있다.

날다

4

도전!

미국 여행

이직하는 과정에서 처음으로 긴 휴가가 생겼다. 전 직장은 연차 사용하는 것도 쉽지 않았기 때문에 처음 누려보는 자유이자 황금 같은 기회였다. 늘어지게 늦잠도 자고 마냥 뒹굴며 지겨울 때까지 쉬고 싶단 생각도 들었지만, 언제 다시 올지 모를 기회를 허비했다간 두고두고 후회할 것 같았다.

그때 떠오른 것이 여행이었다. 평소에도 주말을 이용해 다녀올 수 있는 곳이 아니라, 지금이 아니면 다시는 못 갈지도 모를 곳을 가야 했다. 막연하게 제일 먼저 떠오른 곳이 미국이었다. 장기 여행을 가려면 당연히 달리도 함께해야 했다. 다행히 미국은 반려동물 출입국이 비교적 까다롭지 않은 편이었고, 반려동물 동반 문화도 자연스러워 도전해볼 만할 것 같았다. 당장 서점에 가서 미국 여행 가이드북을 샀다.

사실 큰 도전이었다. 10년 전 대학 때 동북아권 몇 곳을 여행한 게 다였고, 영어를 잘하는 것도 아닌 데다 달리까지 함께 가려면 쉽지 않을 터였다. '무모한 생각이었나' 포기하고 싶은 생각이 들 때마다 '이미 사놓은 가이드북이 아까워' 포기하지 못했다.

여행은 철저한 계획하에 움직이는 것보다 일상을 벗어난 낯섦에 나를 맡기는 데 묘미가 있다고 생각한다. 발길 가는 대로 가다가 원하는 곳에 머무르고, 내 취향이 아니면 떠나버리면 그만이다. 하지만 달리를 안전히 보호하며 여행

이동장 포함 무게가 5~7kg 이하는
기내에 함께 탑승해서 발밑에 둘 수 있다.

하려면 철저한 계획이 필요했다. 달리가 이용 가능한 숙소와 레스토랑, 관광지 등을 샅샅이 조사했고 3주에 걸친 미국 서부 여행 계획을 완성했다.

드디어 떠나는 날, 설레는 만큼 긴장감도 컸다. 달리는 이미 제주도를 몇 번 여행하며 비행에 대한 거부감이나 두려움은 없는 상태였지만, 10시간이 넘는 장거리 비행은 처음이라 걱정되었다. 하지만 나를 안심시키듯 비행시간 내내 잘 자고, 잘 먹고, 잘 쉬며 훌륭한 비행 매너를 보여주었다.

가장 떨렸던 순간은 입국 심사대에 섰을 때이다. 미국은 입국 심사가 까다롭기로 유명한데, 특히 나처럼 반려동물을 동반한 여행객은 흔치 않기 때문에 자칫 불법체류자로 의심받아 입국을 거부당하는 상황이 벌어지지 않을까 걱정이 됐다. 애써 긴장된 표정을 감추고 예상 질문과 답변을 머릿속에 곱씹으며 심사대에 선 순간 "오 마이 갓!"을 외치는 소리에 무언가 잘못된 줄 알고 심장이 쿵 떨어질 뻔했다. 다행히 마주한 얼굴은 함박웃음을 짓고 있었다. 내가 공부한 입국 심사 예상 질문은 모두 빗나갔고, 달리가 어쩜 그렇게 귀여운지에 대한 질문이 이어졌다.

공항을 빠져나와 호텔에 가는 동안에도 달리에게 다가와 인사를 건네는 사람들 때문에 한 걸음을 떼기가 힘들었다. 감정 표현을 절제하는 것이 미덕인 동양 문화권과는 달리 표현이 풍부한 사람들이라 그런지 달리를 대하는 태도

두근두근 입국 심사를 마친 후!

도 남달랐다. 달리에게 시선이 꽂힌 채 "소 큐트!"를 외치며 심장을 부여잡았고, 어쩔 줄 모르며 다가오는 환대에 몸둘 바를 몰랐다.

걱정했던 것과는 달리 첫 시작부터 우리의 여행은 순조로웠고, 3주 동안 샌프란시스코 - 요세미티 국립공원 - 데스밸리 - 라스베이거스 - 그랜드서클 - 세도나 - 샌디에이고 - LA에 이르는 미국 서부를 횡단했다. 고맙게도 여행 내내 달리가 특별히 아픈 곳 없이 컨디션이 좋아서 계획한 대로 여행을 계속할 수 있었다. 달리와 밤하늘에 쏟아질 듯 가득 찬 별을 구경했고, 입이 떡 벌어지는 멋진 자연경관과 달리를 사랑해주는 수많은 사람을 만났다. 꿈꾸던 여행을 우리 둘이 해냈고, 내 생애 가장 행복했던 시간으로 남았다.

여행에서 돌아온 후 달리의 건강검진을 했더니, 여행 가기 전보다 수치가 더 좋게 나타났다. 아무리 쉬엄쉬엄 다녔어도 체력적으로 부담이 되었을 텐데 많은 사랑을 받으며 풍부한 경험을 한 것이 더 크게 긍정적인 영향을 받은 모양이다.

미국의 국립공원엔 반려견과 함께 할 수 있는 트래킹 코스가 있다. 자이언캐니언 국립공원 트래킹을 나서며

조심조심! 호스슈밴드에서 인생샷을 함께

샌프란시스코 금문교를 배경으로

요세미티 국립공원의 가을

장엄한 대자연을 앞에 두고도 세계인의 시선은 모두 달리에게 향했다.

달리를 찾아라!
멍멍~

Death Valley
National Park
NATIONAL
PARK
SERVICE
Homeland of the Timbisha Shoshone

NATIONAL
PARK
SERVICE
Department
of the Interior
BRYCE
CANYON
NATIONAL PARK
UNITED STATES
DEPARTMENT OF THE INTERIOR
NATIONAL PARK SERVICE

달리의 신나는 어메뤼카 투어

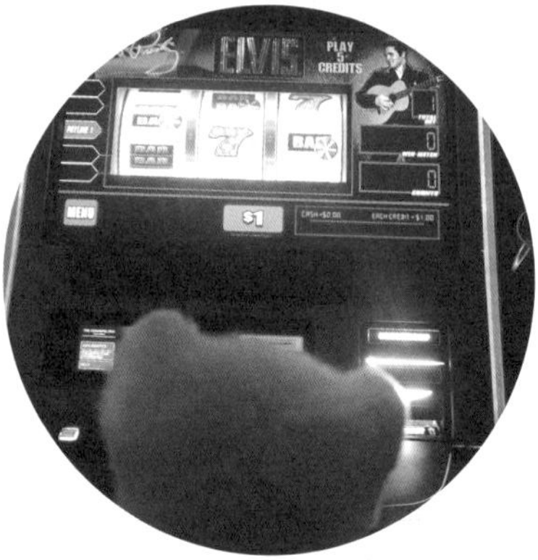

라스베이거스 카지노에서 겜블러돨

미국 친구 뽀빠이도 만났돨

그랜드캐니언 멋있돨

미국에는 강아지 전용 햄버거도 있돌

코카콜라 곰아저씨 무섭돌

요트를 운전하는 캡틴돌

인천국제공항
명예홍보대사

내가 처음 미국 여행을 준비할 때만 해도 반려동물을 동반한 해외여행에 대한 정보는 거의 찾을 수가 없었다. 반려동물의 나라별 출입국 검역 정보부터 비행기 탑승을 위한 절차까지 일일이 스스로 부딪쳐 알아내야만 했다.

혼자 고군분투하던 중 놀라운 타이밍으로 인천국제공항으로부터 뜻밖의 제안을 받았다. 달리를 인천국제공항의 명예홍보대사로 위촉하고 싶다는 것이었다. 최근 반려동물과 여행하기를 원하는 사람이 늘고 있어 관련 서비스를 강화하고, 이를 알리기 위해 달리가 인천국제공항의 얼굴이 되어주길 제안했다.

나 역시 반려동물과 함께 여행하기 위한 정보나 서비스에 갈증을 느끼던 차였고, 그동안 인천국제공항 명예홍보대사는 세계적인 소프라노 조수미 선생님이나 피겨 여왕 김연아 선수 같은 훌륭한 분들이 활동했는데, 달리가 이분들과 나란히 명예홍보대사가 된다니 대단한 영광이었다. 우리는 관련 서비스에 대한 구체적인 이야기를 나누었고 2017년 2월, 동물로는 최초로 달리가 인천국제공항의 명예홍보대사로 위촉되었다.

현재 달리는 인천국제공항 명예홍보대사로서 '기내 반입 금지 물품 안내 캠페인', '반려동물 여행 절차 안내', '지역 아동 초청 인천공항 체험행사' 등 다양한 홍보활동에 참여하고 있다.

Congratulations!!!
Incheon Airport
축! 달리, 인천공항 명예홍보견 위촉
Darly, Ambassador of Incheon Airport

그라스의
향수에 젖어서

달리와 미국 여행을 갔을 때 엄마 생각이 많이 났다. 멋있는 것을 보고, 맛있는 것을 먹고, 즐거운 경험을 할 때마다 엄마도 함께였으면 좋았을 텐데 아쉬울 때가 많았다. 하지만 엄마 성격상 여행을 위해 휴가를 내는 것은 불가능에 가깝다. 20년 넘게 직장 생활을 하셨지만 몸이 부서질 듯 아플 때조차 결근하는 모습을 본 적이 없다. 하지만 달리와 내가 여행을 통해 느낀 긍정적인 자극과 잊지 못할 순간들을 엄마와 꼭 공유하고 싶었고, 막연한 훗날로 미뤄두기엔 약속한 시간이 문제였다. 시간은 무섭도록 빠르게 흘렀고, 엄마와 달리의 시간은 더 빨리 흐르고 있다. 지금이 아니면 평생 못 갈지도 모른다. 건강할 때 행동해야 한다.

넌지시, 그리고 자주 여행에 대한 이야기를 건넸고, 결국 엄마를 설득하는 데 성공했다(예상 여행 경비를 절반 이상 줄여서 알려드렸음은 이제 와 밝히는 비밀이다). 직장에서도 엄마가 장기근속하는 동안 낸 첫 휴가계라 다소 긴 기간임에도 흔쾌히 승인해주었다.

엄마와 달리가 모두 만족할 만한 여행지를 고민하다가 스위스로 결정했다. 수려한 자연경관과 함께 달리가 뛰어놀 수 있는 푸른 잔디가 많아서 제격일 것 같았다. 그런데 알아보니 스위스는 동물 검역이 까다로워 비교적 수월한 프랑스를 통해 입국한 뒤 육로를 통해 스위스로 이동하기로 했다.

그런데 거쳐 가기 위해 들른 프랑스에서 가장 기억에 남는 행복한 시간을 보낸 것은 참 재밌는 일이다. 남프랑스 여행 중 향수의 도시 그라스를 구경하고 예약한 숙소로 갔다. 멋진 정원과 수영장이 있는 저택이었고, 달리가 함께 묵는 것이 가능해 선택한 곳이다. 숙소에 도착하니 한국인 부인과 프랑스인 남편 부부가 우리를 반겨주었다. 생각지 못한 낯선 곳에서 한국 사람을 만나니 엄마는 오랜 친구를 만난 것처럼 반가워했고, 주인 이모님 역시 오랜만에 한국인과 이야기를 나눈다며 좋아하셨다.

반가운 일은 여기서 끝이 아니다. 정성스럽게 차려주신 저녁을 먹으며 이야기꽃을 피우다 보니 엄마와 이모님의 어린 시절, 젊은 시절 이야기까지 나왔다. 그 과정에서 알게 된 놀라운 사실은 이모님이 예전에 한국에서 유명한 가수였다는 것. 1975년 〈향수에 젖어서〉라는 노래를 부른 지은아 씨였다. 비록 내가 태어나기 10년도 더 전에 발매된 곡이라 나는 알지 못했지만 엄마는 바로 흥얼거리며 따라 부를 정도로 유명한 곡이었고, 40년도 더 된 노래라고는 믿기지 않을 만큼 세련되고 상큼했다.

엄마가 벅찬 반가움에 빠져 계실 때, 달리 또한 새 친구를 사귀며 신나게 놀고 있었는데 바로 '큐팁스'라는 이름의 강아지이다. 기분 좋을 때 귀를 핥아줘서 큐팁스(면봉)라는 이름을 갖게 되었다는 귀여운 장난꾸러기 강아지.

멋진 정원에서 맛있는 바비큐를 먹으며, 원조 가수가 불러주는 히트곡을 라이브로 들었고, 엄마는 신이 나서 "예예예예" 하는 추임새를 넣었다. 달리는 배불리 고기를 얻어먹고는 큐팁스와 잔디밭에서 신나게 잡기 놀이를 하느라 바빴다. 엄마와 달리가 너무 즐겁고 편안해 보여서 우리는 하루만 머물고 가려던 일정을 변경해서 며칠 더 머물기로 했다.

매일 아침이면 크리스티앙 할아버지가 큐팁스와 차를 타고 빵을 사러 나갔다. 테라스 문을 활짝 열고 따뜻한 햇볕을 느끼며 침대 위에서 좀 더 여유를 부리다 보면 어느새 빵집에 다녀온 큐팁스가 우리 방으로 달려왔다. 그럼 우린 그제야 일어나 갓 구운 따끈따끈한 빵과 커피를 즐겼고, 선베드에 누워 체리와 납작복숭아를 먹었다. 달리와 큐팁스는 할아버지와 수영을 했고, 그러다 물에서 나와 신나게 뛰어놀면 물기를 닦아줄 새 없이 어느새 뽀송뽀송 털이 말라 있었다. 너무도 평화롭고 꿈 같은 시간이었다.

지금도 〈향수에 젖어서〉를 들으면 그때의 기억이 생생하게 떠오른다. 엄마는 두 딸 덕분에 평생 간직할 행복한 추억을 갖게 되었다고 말씀하시지만, 달리가 잘 따라주지 않았다면 시도할 생각조차 못했을 여행이기 때문에 나는 달리에게 너무 고맙다.

크리스티앙 할아버지, 큐팁스와 즐거운 시간을 보내는 달리

프랑스의 랜드마크 에펠탑을 배경으로

미식의 본고장 파리에서 즐기는 미슐랭 레스토랑

잠깐

쉬다 갈게요

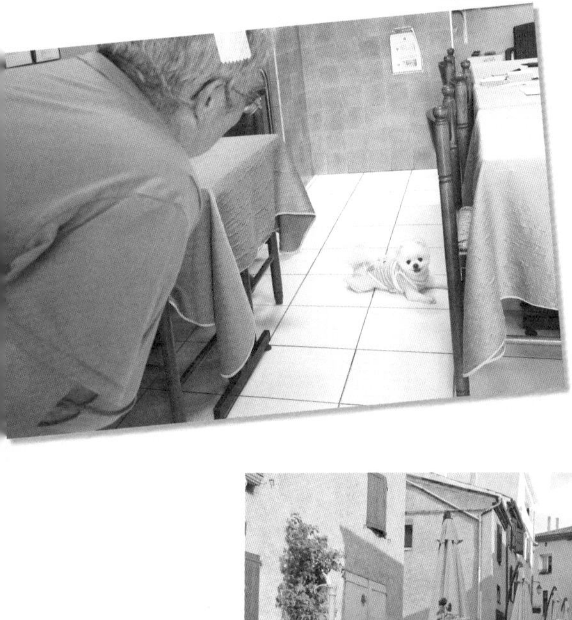

뮤직비디오 여주인공

지금까지 달리는 각종 광고나 TV 프로그램 등 수많은 섭외 요청을 받았다. 요즘은 어떤지 모르겠지만 예전에 이동통신사 광고는 당대 최고의 톱스타만 찍는다고 알려졌는데 달리는 우리나라 3대 통신사 중 두 곳으로부터 제안을 받았고, 주류 광고 제안까지 받았으니 사람이었다면 'CF퀸'에 등극했을지도 모른다. 그뿐만 아니라 유명 아이돌이 달리를 돌봐주거나 함께 여행하는 예능 프로그램의 출연을 제안받기도 했다. 하지만 SNS를 통해 소소한 일상을 공유하는 것은 몰라도 방송에 적극적으로 노출시키며 달리가 힘들어지는 상황은 만들고 싶지 않아서 모두 고사해왔다.

그런데 작년 여름, 달리를 십센치(10cm)의 4집 정규 앨범 수록곡 〈Pet〉의 뮤직비디오 주인공으로 섭외하고 싶다는 연락을 받았다. 연락을 주신 팀장님께서는 달리의 오랜 팬임을 자처하며, 달리가 아니면 대체하거나 상상할 수 없는 뮤직비디오라고 하셨다. 뮤직비디오는 여자 친구가 남자 친구에게 자신의 강아지를 하루만 돌봐달라고 부탁하면서 시작되고, 남자 친구가 하루 동안 여자 친구의 강아지를 돌봐주는 것이 주된 스토리이다. 미리 들려주신 노래도 참 좋았고, 강아지가 부수적인 역할이나 배경에 그치는 것이 아니라 주도적으로 등장하는 것이 마음에 들었다. 무엇보다 달리가 촬영하며 스트레스받는 일이 없도록 모든 촬영 조건을 최대한 달리에게 맞추겠다고 약속하셨다.

TVlogic
ARRI

얼마 뒤 뮤직비디오 콘티를 보내주셨는데, 달리를 예전부터 오래 지켜봐왔다고 말씀하신 만큼 인위적 연기가 필요한 장면 없이 자연스러운 평소 모습들로 구성해 마음이 놓였다. 달리의 상대역은 〈프로듀스 101 시즌 2〉에서 병아리 연습생으로 화제를 모은 유선호 군이었다.

마침내 촬영 날이 되었다. 멀리서 방송 촬영하는 것을 구경한 적은 있어도 내가 그 안에 속해 촬영한 것은 처음이었다. 생각보다 많은 스태프와 장비가 동원되는 것을 보고 달리가 폐를 끼치지 않아야 할 텐데 걱정되었다. 유선호 군과 달리가 첫인사를 나누었다.

"달리야, 안녕? 달리는 몇 살이야? 오빠가 달리보다 열 살이나 많구나~ 오빠랑 얼른 친해지자."

선호 군은 몽실이라는 강아지를 키우고 있다고 했다. 그래서 그런지 달리와 어떻게 놀아줘야 하는지 방법을 아주 잘 알고 있었다. 아무 거리낌 없이 달리의 간식을 입으로 전해주며 뽀뽀를 하기도 했는데, 이건 반려인이 아니라면 할 수 없는 행동이다. 선호 군과 달리가 함께 밥을 먹고, 장난치며 노는 귀엽고 사랑스러운 모습이 카메라에 담겼다. 현장 스태프 모두 미소가 떠날 줄 몰랐다. 감독님은 달리에게 일부러 연기를 요구하지 않았고, 자는 장면이 필요하면 달리가 놀다가 잠들었을 때를 놓치지 않고 조심스럽게 다가가 그 모습을 담는

식이었다. 달리를 위해 많은 배려를 해준 스태프와 선호 군에게 참 고마웠다.

달리는 '배우'로 멋진 데뷔를 했고, 첫 출연료도 받았다. 달리가 받은 출연료 전액은 유기동물 보호소에 기부했다. 무엇보다도 달리가 직접 번 돈을 도움이 필요한 친구들을 위해 사용할 수 있어서 달리가 더 기특하게 여겨졌다.

뮤직비디오 촬영 현장에 달리를 응원하러 와주신 십센치 오빠와 함께

학원비를 내준 적도 없는데
몰래 귀여움 학원이라도 다니는 건지
늘 새로운 귀여움으로
나를 또 놀라게 한다.

슬개골 탈구 수술

달리는 사고로 오른쪽 앞발을 잃었다. 세 발만으로 걷다 보니 늘 불안정하고, 웬만한 곳에서는 아예 걷질 못한다. 계단 하나도 오르내리지 못하고, 내리막길 역시 마찬가지다. 집에서도 맨바닥에선 아예 한 걸음도 떼질 못해서 집 안 전체에 매트를 깔아두었다. 국내는 물론 해외까지 보조 기구를 알아보았지만 아직까지 달리에게 제 발처럼 편한 보조 기구를 찾지 못했다.

신나게 뛰어다니며 노는 개를 볼 때가 제일 부럽고, 달리도 혹시 다른 개를 보며 그런 마음이 들까 봐 가슴이 아프다. 달리의 다리 문제는 늘 내 마음속에 무겁게 품고 있는 숙제이다.

다친 다리도 문제이지만 나머지 다리도 문제였다. 포메라니안종은 유전적으로 슬개골 탈구가 고질병인데, 달리 역시 슬개골 탈구 증상이 나타났다(슬개골은 무릎 관절을 보호하는 작은 뼈를 말하는데, 이 뼈가 옆으로 빠지는 것이 슬개골 탈구이다). 매달 달리의 다리 상태를 체크해주시던 외과 선생님께서 이젠 수술을 해야 할 것 같다고 말씀하셨다.

수술을 결심하고 나니 걱정이 이만저만 아니었다. 수술 자체도 걱정이었지만 달리의 정신적 충격도 고려해야 했다. 예전에 다리 수술 후 병원에 버려진 경험이 있기 때문에 만약 이번에도 입원해야 한다면 끔찍한 트라우마로 작용할까 봐 겁이 났다. 이 문제에 대해 선생님과 충분히 상의했고, 수술 후 입원하

걱정하지 마세요.
전 괜찮아요!

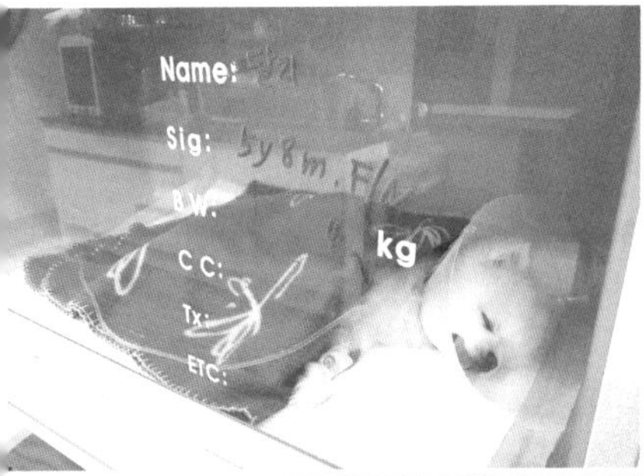

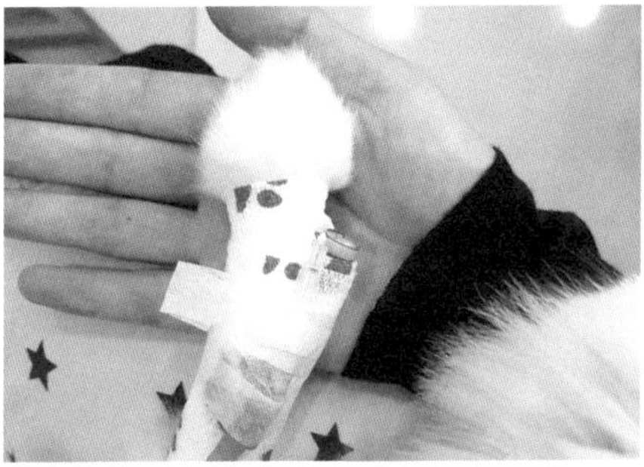

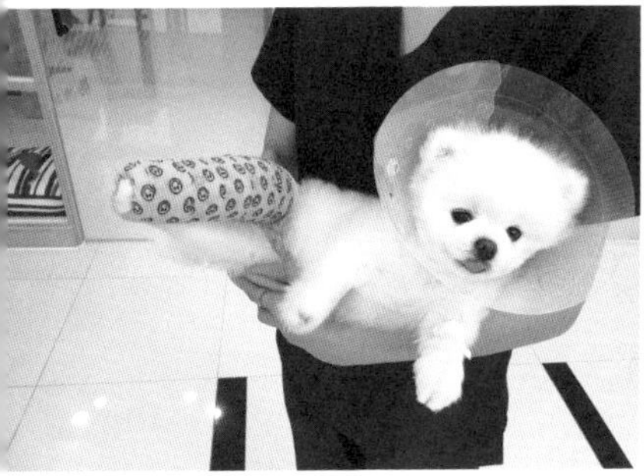

지 않고 귀가하고 싶다는 내 결정을 존중해주셨다. 다만 수술이 잘되고, 마취에서 잘 깨어난다면 말이다.

온갖 신께 기도하며 초조하게 기다리는 동안 수술이 끝났다. 선생님께선 무사히 수술을 잘 마쳤다고 하셨고, 함께 집에 돌아가기 위해선 마취에서 잘 깨어나는 것까지 확인해야 했다. 몸을 축 늘어뜨리고 잠들어 있는 달리를 보며 이 작은 아이가 몇 번이나 큰 수술을 받아야 했던 게 너무 마음이 아팠다. 안타깝게 지켜보던 중 달리 눈에 초점이 잡히기 시작했다. 불안하게 흔들리는 시선이 여기저기를 떠돌다 나를 발견하자마자 그대로 멈추더니 안도하는 눈빛으로 변했다.

'그래, 언니 여기 있어. 지금 벌어진 일은 너를 아프게 하려는 게 아니라 건강하게 오래 함께하려고 그런 거야. 무슨 일이 있어도 나는 네 곁을 떠나지 않아.'

슬개골 수술 후, 다리가 완전히 회복될 때까지
미용실에 가지 않았더니 털이 많이 자랐다.

사회적 달리

달리는 슬개골 탈구 수술 후 일주일에 두 번 재활 치료를 받으러 다닌다. 처음엔 비싼 치료 비용도 부담되고 재활병원까지 너무 먼 데다 무엇보다 치료 과정을 전혀 지켜볼 수 없다고 해서 망설였다. 하지만 재활 치료를 받는 쪽이 달리의 다리 건강에 조금이라도 도움 된다면 믿고 맡겨보기로 했다.

내가 없는 곳에서 달리가 잘할 수 있을지 걱정이 많았는데, 다행히 선생님 말씀도 잘 들으며 끈기 있고 영리하게 재활 프로그램을 잘 따르고 있다고 했다. 선생님의 달리에 대한 작은 칭찬도 나를 으쓱하게 만들었다. 다만 병원에서 준비한 보상 간식은 먹지 않으니 달리가 잘 먹는 간식을 따로 준비해달라고 하셨다.

아침마다 간식 도시락을 챙겨서 달리를 병원에 데려다준다. 유치원에 아이를 등원시키는 학부모가 된 기분이다. 어느 날은 달리를 안고 병원 근처를 지나는데 갑자기 달리가 버둥거리며 마주 오는 사람에게 알은체를 했다. 알고 보니 달리의 재활 치료를 도와주는 선생님이었다. 나는 워낙 눈썰미도 없고, 매번 1층 데스크에 달리를 맡기고 가는 게 전부라 선생님을 알아보지 못했는데, 달리는 길에서 만난 선생님을 알아보고 그렇게 반갑게 인사를 한 것이다. 선생님과 달리가 반갑게 인사 나누고 나는 멀뚱히 서 있는 상황에 웃음이 나왔다. 아리스토텔레스는 인간을 사회적 동물이라고 했던가. 달리가 사람이 다 된 모양이다.

무조건,
무조건이야

팔불출 같지만 달리는 참 영리하다. 내가 하는 말을 귀신같이 알아듣는다. 어찌나 말귀를 잘 알아듣는지 사소한 혼잣말도 조심해야 한다. 하지만 달리가 잘 알아듣지 못할 때가 있는데, 바로 조건부 문장을 말할 때이다.

"달리야, 지금은 비가 오니까 비 그치면 산책 가자!"

여기서 달리에게 입력되는 건 '산책 가자'란 말뿐이라 이미 신이 나서 문 앞으로 달려나간다.

"영양제 한 입만 더 먹으면 간식 줄게."

달리는 '간식 줄게'라는 말에 꽂혀서 입속에 씹고 있던 영양제까지 퉤- 뱉어버리곤 간식 보관함으로 뛰어간다. 반려동물은 원래 우리에게 '무조건'적인 아이들이라 그런지 '조건'을 익히는 게 참 어려운 일인가 보다. 달리에게 조건을 가르치기보다 내가 무조건을 배우기로 했다.

말을 할 때 조건을 달지 않고, 내일의 약속을 하기보단 지금 지킬 수 있는 것만 이야기했다. 함부로 공수표를 남발하지 않았다. 어쩌면 사람 사이의 관계에서도 이것을 적용한다면 오해나 불신 같은 갈등은 일어나지 않을 것 같다.

까꿍!

달리를 키우면서 단 한 번도
야단을 쳐본 일이 없다.
달리가 말썽을 피운 적도,
속을 썩인 일도 없다.
달리는 너무 착해서,
때론 그게 마음이 아프다.

대만에서 온 친구들

2년 전 대만에 사는 카렌에게 처음 메시지를 받았다. 카렌은 대만 신문에 소개된 개무룩 사진을 보고 달리를 알게 되었고, SNS를 통해 달리의 일상을 지켜보다가 팬이 되었다고 한다. 카렌이 특별했던 이유는 외국인임에도 달리와 소통하고 싶어서 한국어 공부까지 시작했기 때문이다. 서툴지만 정성스럽게 또박또박 눌러쓴 한글 손편지와 직접 그린 달리 그림을 사진으로 찍어 자주 보내주었고, 언젠가는 '달리의 나라' 한국에 꼭 와보고 싶다고 했다.

그러다 2017년 여름, 달리를 좋아하는 또 다른 친구 조앤과 드디어 한국 여행을 올 것이라고 했다. 일명 '달리 투어'였다. 만약 시간이 맞아서 달리를 직접 만날 수 있으면 좋고, 그게 어렵더라도 달리가 자주 가거나 사진을 찍은 장소에 가는 것이 목적이라고 했다.

달리가 가이드로 나서기로 했다. 우리나라에 멋있는 곳이 많지만 그중 외국인에게 가장 인상 깊을 만한 곳과 달리도 함께 갈 수 있는 장소들을 추렸다. 더 원활한 의사소통을 위해 통역을 도와주실 분이 계실지 SNS에 글을 올렸더니 많은 사람으로부터 도와주겠다는 메시지를 받았고, 미령 씨와 혜린이의 도움을 받을 수 있었다.

카렌과 조앤이 한국에 도착하는 날, 달리와 공항으로 마중을 나갔다. 달리를 보기 위해 멀리서 일부러 오시는 분들인데 달리가 낯설어할까 봐 약간 걱정

Welcome
Karen
D

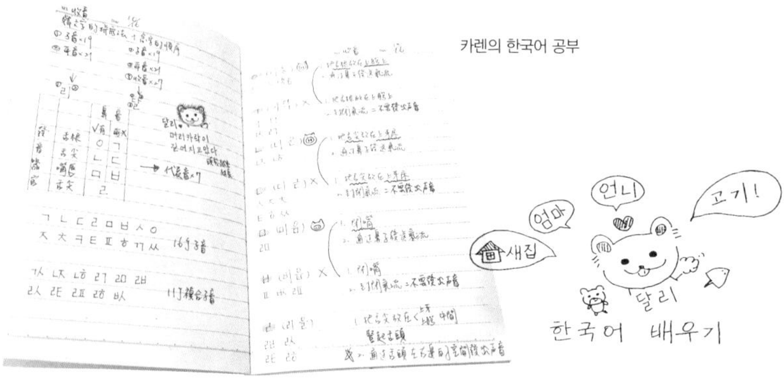

카렌의 한국어 공부

되기도 했다. 입국장으로 수많은 사람이 빠져나오며 간간이 달리에게 귀엽다고 인사하는 분들이 계셨지만, 저 멀리서부터 달리만 보며 돌진해오는 사람이 있었다. 카렌과 조앤이었다.

카렌과 조앤은 달리를 보고 어쩔 줄을 몰라 했고, 신기하게도 달리 역시 꼬리를 마구 흔들며 반가워했다. 그 자리에서 카렌과 조앤은 우릴 위해 준비한 커다란 선물 꾸러미를 내밀었다. 대만의 유명한 특산품과 기념품이 가득 들어 있었고, 그중에서도 달리의 얼굴 모양대로 직접 만든 펜던트와 제작 과정을 담은 사진, 편지글은 너무나 큰 감동이라 그 자리에서 눈물이 터져버렸다.

우린 5박 6일간 많은 곳을 함께하며 좋은 시간을 보냈다. 티티 언니는 직접 집에 초대해 손님들을 대접해주었고, 몽구 오빠는 긴 여행길의 운전기사가 되어주었다. 길에서 달리를 알아본 분들은 대만 친구들에게도 반갑게 인사하며 즐거운 여행을 빌어주었다. 통역을 담당한 미령 씨와 혜린이도 우리가 깊은 대화를 나눌 수 있도록 많이 도와주었다. 카렌과 조앤은 처음엔 달리 때문에 한국에 관심을 갖고 좋아하게 되었지만, 여행을 와서 만난 많은 사람의 따뜻한 배려와 정 때문에 더 좋아졌다고 했다.

여행 마지막 날, 공항에서 카렌과 조앤은 아쉬움에 대성통곡을 했다. 꾹 참느라 빨개졌던 눈에서 눈물이 멈출 줄 몰랐고 화장실로 달려가 세수를 하고 나와도 금방 다시 눈물범벅이 되었다. 달리도 어쩐지 시무룩해 보였고, 마주 보는 눈에 애틋함이 흘렀다. 비행시간이 임박하자 카렌과 조앤은 퉁퉁 부은 눈으로 마지막 인사를 했다. 내 손에 편지와 3만 원을 쥐여주곤 달리 사주라며 "소고기"라는 말을 남기고 출국장으로 들어갔다.

대만으로 돌아간 카렌과 조앤은 여행 적금을 들어 곧 다시 한국에 오겠다고 말했고, 나는 그럼 꽃 피는 봄에 함께 제주도 여행을 하자고 했다.

카렌과 함께

왼쪽의 사진을 보고 카렌이 그려준 귀여운 달리 그림

다시 찾은 달리의 나라

따뜻한 봄이 되자, 카렌과 조앤이 약속한 대로 우리나라를 다시 찾았다. 이번 제주도 여행은 우리 엄마도 함께 했고, 지난 여행 때 통역을 도와준 혜린이가 일부러 중국에서 제주도까지 와주었다. 제주공항에 먼저 도착한 카렌과 조앤은 대만에서 제작해온 환영 피켓을 흔들며 우리를 반겼다. 달리도 카렌과 조앤을 잊지 않고 너무 반가워해서 그 모습이 뭉클했다.

혜린이의 도움 없이는 말도 잘 통하지 않는데도 우리는 그저 눈이 마주치기만 해도 즐거웠다. 엄마는 카렌과 조앤의 부모님과 영상통화를 하며 인사를 나누었고, 즐거운 여행 마치고 안전하게 돌려보낼 테니 딸들 걱정은 마시라는 말을 온몸으로 전했다. 휴대폰 너머 부모님께서도 활짝 웃으며 허리 숙여 인사하셨고, 우리 엄마도 질세라 허리를 숙이셨다. 휴대폰을 사이에 둔 진풍경이었다.

아름다운 제주도에서의 3박 4일이 순식간에 지나가고 헤어질 시간이 다가왔다. 그런데 아침부터 바람이 심상치 않더니 강풍으로 인해 비행기가 줄줄이 연착됐다. 분위기를 보니 결항 가능성이 높아지고 있었다. 카렌과 조앤이 심각한 얼굴로 기도하고 있어서 무사히 돌아갈 수 있기를 비는 줄 알았더니, 달리와 하룻밤이라도 더 있을 수 있게 비행기가 결항되길 기도하는 중이라고 했다. 그러나 아쉽게도 카렌과 조앤의 소원은 이루어지지 않아 몇 시간 뒤 우린 작별 인사를 나누었다.

카렌과 조앤이 열심히 돌을 주워 나르더니 '달리♥'라는 글자를 만들었다.

카렌과 조앤은 한국에 올 때마다 달리 가이드 덕분에 멋진 여행을 했으니, 다음엔 우리를 대만에 초대하고 싶다고 했다. 하지만 대만은 동물 검역이 까다로워서 달리가 방문하기 쉽지 않다. 이런 사정을 이야기했더니 매우 아쉬워하며 그럼 자신들이 매년 한국에 오면 되니 문제 될 것은 없다고 했다.

말도 통하지 않는데 이렇게 끈끈한 친구가 생길 줄이야. 달리를 통해 국경도 뛰어넘은 소중한 인연을 만났다. 참 신기한 일이다.

세상의 달리들을 위하여

달리는 병원에 버려진 아이였다. 전해 듣기론 신혼부부가 키우던 아이였는데 사고로 발 하나를 절단해야 한다고 하자 입양 포기 의사를 밝히고 두고 갔다고 한다. 당시 달리 나이가 두 살이었으니 1년은 함께 보냈을 텐데, 하루아침에 달리는 발도 잃고 가족도 잃었다. 몸이 더 아팠을지 마음이 더 아팠을지 상상할 수조차 없다. 당시 달리 심정을 떠올리면 가슴이 찢어질 듯 아픈데, 달리는 훨씬 더 오래 많이 아팠을 것이다.

달리의 안타까운 사연과 별개로 하필 그런 아픔 있는 아이를 가족으로 맞는 것은 원치 않았다. 반려동물을 들인다는 것은 출산의 과정만 없다뿐이지 자식이 생기는 것과 다름없다. 부모로서 내 자식이 정신적·신체적으로 아픔이 있는 아이이길 바라는 사람이 어디 있겠는가. 가족 중 유일하게 일방적인 선택으로 맺어지는 관계가 반려동물인 만큼 건강하고 예쁜 아이를 선택하고 싶은 것은 당연한 욕심이다. 과거는 묻지 말라지만 사랑을 할 때도 너무 아픈 사랑의 기억이 있는 사람은 꺼려진다. 나와 아무리 행복해도 내가 침범하거나 치유해 줄 수 없는 마음의 방이 따로 있을 것만 같다. 사랑스러운 내 강아지 역시 남몰래 옛 가족을 떠올리거나 그리워한다면 너무 속상할 것 같았다.

그런데 얼떨결에 달리가 내게 오게 되었다. "사지 말고 입양하세요." 말은 쉽지만 내가 할 생각은 추호도 없었다. 그렇기 때문에 처음에 달리를 키우게 된 게 희생이라 생각했다. 내 인생의 가장 큰 선물인 줄, 그때는 몰랐다.

물론 처음부터 쉬웠던 것은 아니다. 이미 나쁘게 자리 잡은 습관이나 트라우마도 많았고 여전히 극복 중인 것도 있다. 그렇지만 하나하나 깨고 이겨나갈 때의 끈끈한 유대감과 정서적 교감은 경험해보지 못한 사람은 모른다. 그늘지고 어두웠던 얼굴이 밝아지고, 공허했던 눈빛에 또렷한 생기가 돌았다. 난 달리에게 곁을 조금 내어줬을 뿐인데, 달리는 우주를 얻은 듯이 온 마음을 내게 주었다. 그런 과정을 지켜보며 함께하는 것이 엄청난 감동이었다. 달리를 만나지 못했다면 절대 알 수도, 경험해볼 수도 없는 일이었다.

달리는 이제 내게 그 어떤 것과도 바꿀 수 없는 소중한 존재이다. 달리가 소중해지고 나니, 내가 달리를 입양하지 않았다면 어디서 어떤 모습으로 살고 있을지 떠올리는 게 끔찍한 상상이었고, 실제로 아직까지 끔찍한 상황에 처해 있는 다른 유기견도 외면할 수 없었다. 그래서 매년 달리의 입양 기념일엔 열악한 보호소에서 힘든 시간을 보내고 있지만 머지않아 누군가의 달리가 될 아이들을 위해 집을 지어주고, 사료를 보내주고, 치료비를 지원하기 시작했다.

흔한 구호로서가 아니라 이제는 내 경험에 의한 진심을 담아 말한다. "사지 말고 입양하세요." 달리의 존재 자체가 유기견 입양에 대한 편견을 깨는 도구가 되기를 바란다.

사랑받는 모든 기억들이
달리의 마음속에
빠짐없이 기억되길

달려라, 달리!

1판 1쇄 발행 2018. 7. 16.
1판 5쇄 발행 2018. 8. 27.

지은이 이지은

발행인 고세규
편집 임지숙 | 디자인 조명이

발행처 김영사
등록 1979년 5월 17일(제406-2003-036호)
주소 경기도 파주시 문발로 197(문발동) 우편번호 413-120
전화 마케팅부 031)955-3100, 편집부 031)955-3200 | 팩스 031)955-3111

값은 뒤표지에 있습니다.
ISBN 978-89-349-8201-2 03810

홈페이지 www.gimmyoung.com 블로그 blog.naver.com/gybook
페이스북 facebook.com/gybooks 이메일 bestbook@gimmyoung.com

좋은 독자가 좋은 책을 만듭니다.
김영사는 독자 여러분의 의견에 항상 귀 기울이고 있습니다.

이 도서의 국립중앙도서관 출판시도서목록(CIP)은 서지정보유통지원시스템 홈페이지
(http://seoji.nl.go.kr)와 국가자료공동목록시스템(http://www.nl.go.kr/kolisnet)에서
이용하실 수 있습니다.(CIP제어번호 : CIP2018020412)